Anita

THALES GUARACY

Anita

1ª edição

EDITORA RECORD
RIO DE JANEIRO • SÃO PAULO
2017

CIP-BRASIL. CATALOGAÇÃO NA PUBLICAÇÃO
SINDICATO NACIONAL DOS EDITORES DE LIVROS, RJ

Guaracy, Thales
G947a Anita / Thales Guaracy. – 1ª ed. – Rio de Janeiro: Record, 2017.

ISBN: 978-85-0110-900-2

1. Romance brasileiro. I. Título.

16-38332 CDD: 869.93
CDU: 821.134.3(81)-3

Texto revisado segundo o novo Acordo Ortográfico da Língua Portuguesa.

Direitos exclusivos desta edição reservados pela
EDITORA RECORD LTDA.
Rua Argentina, 171 – Rio de Janeiro, RJ – 20921-380 – Tel.: (21) 2585-2000.

Impresso no Brasil

ISBN 978-85-0110-900-2

Seja um leitor preferencial Record.
Cadastre-se em www.record.com.br
e receba informações sobre nossos
lançamentos e nossas promoções.

Atendimento e venda direta ao leitor:
mdireto@record.com.br ou (21) 2585-2002.

Para Marlene Fiorini Ferreira, *in memoriam.*
E as mulheres: guerreiras.

Prólogo

O mar bate na cara das pedras, lavadas de água, sal e espuma; vem das profundezas, a água salta, respira, festeja o céu e volta em golfadas ao seu mistério interior, deixando pequenos lagos cristalinos entre os recifes. Do alto da colina, próxima à casa de seu exílio voluntário, pés imóveis sobre o granito, estátua dele mesmo, Giuseppe vê o mar lá embaixo. Os 74 anos empobreceram a vasta barba, a cabeleira escasseou na testa alta, coberta pelo barrete de feltro, de onde saem longos fios brancos escorridos sobre a nuca; ele aperta contra o corpo ossudo o poncho branco — um dos muitos costumes adotados da campanha gaúcha, que lhe tinham servido por todas as batalhas da vida. Ele mudou, mas tudo lhe parece da mesma forma que antes: o mar, o horizonte azul, a palpitação no peito dos tempos de menino em Nizza, em que estava ali a saída para a vastidão do mundo.

A vinte metros do píer, onde nasceu: a casa dos pais. Através das janelas retangulares do segundo andar, ele via os mastros baterem uns contra os outros, estalidos de madeira e corda, quadro semovente que agitava o sonho de um dia embarcar. À tarde, quando voltava da escola, descia até o térreo, escancarava a pesada porta de madeira, saltava a soleira com os pés descalços e corria pelo cais; passava pelos mercadores, os viajantes, os piratas e os mercenários de terras estranhas que povoavam de inebriantes aventuras sua imaginação. Subia a ladeira à esquerda até as ruas labirínticas do centro, mergulhadas na sombra fria das casas medievais, encavaladas umas sobre as outras no caleidoscópio urbano; cruzava a cidade por trás da Roca que dominava o porto e alcançava do outro lado a longa praia, estendida a perder de vista rumo ao sul.

Pulmões salinizados pela maresia, andava com os pés cascudos no leito de pedras roliças, polidas pelos milênios, batendo como ovos quebrados nas ondas curtas, tombadas de repente, e se arrumavam novamente, sorvidas pela água límpida, ao retornar para o oceano. Passagem para o azul, sem destino nem data de volta: teria um barco, extensão dele mesmo, as velas como asas de voo rasante na superfície marinha. Gostava do mar mesmo nos dias de chuva e, quanto mais tempestuosos, melhor; em vez de medo, a intempérie despertava nele a atração pelo desafio, teste permanente da certeza de que nascera crismado pela sorte: predestinado.

Num dia desses, aos 9 anos, salvara uma mulher já gasta de idade que uma onda mais forte apanhou, lavando roupa, na saída do porto; Giuseppe entrou no mar de braçadas, pegou a mulher golfando água salgada e a trouxe de volta. Quando a notícia correu a cidade, pela primeira vez foi chamado de herói; aquele teste lhe permitiu acreditar em grandes feitos, ainda que seu pai o tivesse censurado; você correu risco, disse, não tem nem barba, é só um menino. Porém, não escondeu um sorriso, ponta de orgulho, regozijo íntimo, quando Giuseppe respondeu, simples e cândido: mas eu sou peixe, papai, ou melhor, eu sou um delfim.

A memória súbito foge; o vento assobia mais forte, a aba do poncho escapa, bate nele como a vela solta na verga; Giuseppe se encurva, enfraquecido, rosto contrito de dor e cansaço. Tantas e quantas vezes podia ter morrido, doente, acidentado ou por qualquer uma das muitas balas que lhe pegaram o corpo ou zuniram ao redor da cabeça, espadas que triscaram sua pele, penetraram sua carne, ou vitimado pelos venenos inimigos, fossem armadilhas urdidas no xadrez dos generais em batalha ou literalmente misturados ao seu prato. Tantas e quantas vezes até preferiu estar morto, sem carregar o peso dos companheiros perdidos, do amor perdido, das desilusões, que ele acumulava como ninguém. E, no final, ironia suprema, estava ali, em 1882: velho como se tivesse levado a vida prudente, rotineira e previsível de um pacato sapateiro ou um barrigudo mercador.

Ao pensar no destino, um sorriso quase imperceptível lhe saiu pela comissura dos lábios, como o de seu pai, aquele sorriso hereditário; conservado mesmo contra todos os prognósticos, o tempo recolocava Giuseppe no começo: guerras depois, filhos que já eram generais, países que dera ao mundo, inimigos passados a fios de espada, sangue que tingia a memória e lhe escorria em sonhos e pesadelos, manchando os lençóis, quem estava ali ainda era ele, o mesmo Pepino, Giuseppe Garibaldi, velho menino, diante do mar.

Um grito próximo, apagado no vento, um ranger metálico: Francesca lhe traz o triciclo com rodas de ferro de aro grande, no qual ele se acomoda, resmungando que ainda lhe serviria melhor um cavalo. Pesadas e doloridas, as pernas lhe parecem raízes. A mulher o leva de volta para dentro da casa branca, centro do jardim arborizado que domina Caprera, pequena ilha no arquipélago da Maddalena, aninhado na costa da Sardenha, separado do continente italiano pelo mar lígure, vastidão líquida, que era sua verdadeira pátria: a nau pedregosa, inóspita e quase desabitada onde estivera três vezes como reles prisioneiro e que escolhera voluntariamente como último lar; breve deserto de quem nada mais quer, de quem se furta ao mundo, desiste de tudo e só não pode fugir de si mesmo.

A casa de portas altas, paredes caiadas e simplicidade monástica ganha calor com a lenha queimada sem fumaça; a luz retangular, recortada nas janelas, atravessa os vidros baços, ilumina a costura da mulher, deixada sobre a cadeira de balanço. É um ninho quente e acolhedor na ilha inóspita, mas ele prefere o que existe lá fora; seu instinto ainda é sair, sem temer, sem pensar, da mesma forma com que se atirava ao inimigo, à frente de todos, como faziam Alexandre, o Grande, os antigos conquistadores, os verdadeiros homens de coragem, desafiando a morte, porque, sem valor, a vida nada significa. Guerreara sempre como soldado, e não general, oculto atrás das fileiras, preposto de rei, refestelado em seu trono. Não guerreara nem vivera como um rei e não morreria como um rei, afundado com uma coroa numa cama de penas. Preferiria ter morrido num outro dia qualquer, enfrentando seus bárbaros, mas quisera o destino que, ao final, tivesse apenas um inimigo: o espectro da morte, que enfim chegava, vagaroso, torturante e certo, única derrota da qual não iria se levantar.

Francesca desliza-o para o quarto, com a paciência de quem lida com os velhos teimosos, anacrônicos, extemporâneos; ele se irrita com aquele olhar condescendente e a colher de xarope que a mulher lhe traz pela mão. Ela encosta a cadeira de rodas na cama de ferro, voltada para a janela através da qual se avista o mar, e o ajuda a levantar-se; ele tira o poncho com mãos solenes, como um padre a despir o hábito; é seu manto sagrado, subiu e desceu seu gólgota, foi seu escudo, sua cama, seu leito de amor; com ele cobriu mortos, abrigou feridos e a mulher amada; por um instante, ela passou na sua frente, o sorriso de dentes brancos e fortes, os cabelos presos à nuca, dos quais lhe escapava na testa sempre a mesma e delicada mecha. Francesca tira sua camisa e gentilmente o faz deitar na cama, peito arfante daquele simples esforço, preço de uma vida de maus-tratos, que lhe cobravam a conta; agora, cada mínimo gesto lhe custava caro, até mesmo respirar, simplesmente respirar.

Devo chamar um médico?, diz ela, você está muito pálido.

Giuseppe coloca a mão trêmula sobre a dela.

Não.

É preciso.

O médico não pode fazer nada por mim, diz ele, num sorriso forçado. Com tudo o que passei, acho que já está na hora de dar um descanso à medicina.

Francesca sorri, sorriso de mulher, amiga e mãe, que nos últimos tempos se tornara mais enfermeira; o homem de pedra que deveria ser seu amante, amigo e confidente era para ela uma esfinge: mesmo destroçado pelos anos, ainda lhe impunha medo, como no dia em que o conhecera.

Devo chamar ao menos os teus filhos?, ela insiste.

Deixe-os em paz. Eles já se acostumaram a viver sem mim.

Posso entender que você, o nosso libertador, herói de dois mundos, talvez o maior de todos os tempos, possa ter recusado dinheiro, títulos, poder. Mas ficar aqui sozinho, exilado nesta ilha, sem ver ninguém? Você, que podia estar no lugar do próprio rei?

Com um sorriso vago, Giuseppe passa a mão diante dos olhos; afasta as palavras da mulher com um gesto, tirando-as do ar. Francesca sabe que ele não dirá mais nada; enxuga seu peito molhado com uma fralda do mais leve algodão, tão suave que também é carícia. Detém-se no peito, depois no pescoço, ambos cobertos de cicatrizes, resultado de suas feridas de guerra; passa nelas o pano, cuidadosamente, como quem lustra antigas condecorações de guerra num armário antigo.

Imagino o que você passou, diz ela.

Não sou um herói, ele brande a palavra que o incomoda, repentino; sua voz, vinda da alma, agora é cavernosa, escura, sombria. Francesca estremece, sem entender. Procura afastar o medo; espera se aproximar dele, vencer o abismo que o marido sempre interpunha entre eles, alcançar as profundezas daquela alma que ele guardara somente para si. Giuseppe era cheio de sentimentos secretos, lugares onde ela não podia entrar, como se lhe negasse a verdade sobre si mesmo; escudo forjado no caráter endurecido por milhares de mortes, jornadas sem conta, combates atrozes, noites perdidas, dias de sede e fome e fúria. Não ouviria o estalar do chicote, o som do galope nas campinas, o riso e a dor dos lugares que não conhecera; sentiu raiva, tristeza e ciúme; sim, ciúme do que ele pensava, ciúme do que Giuseppe vivera, ciúme do que guardara para si como o bem mais precioso, de uma vida como ela jamais teria, mesmo sendo a mulher a quem agora ele devia tudo, de quem dependia, assim como do ensopado quente que ela lhe servia na boca em lentas colheradas.

Então haverá outros heróis ainda maiores?, pergunta a mulher, tom irônico, provocador. Conheceu algum?

A resposta, sincera, direta, repentina, reacende a velha faísca do olhar, surgida do fundo dos olhos apequenados e viscosos; Giuseppe toma Francesca de surpresa, num golpe. Energia subitamente regenerada, levanta a cabeça, como se um anjo o sustentasse no ar; cercado de uma suave aura dourada, num bafejo, musicado por cítaras, colorido de auroras, adocicado de mel, ele diz, sim, e repete: sim, conheci.

I. Onde nascem os sonhos

O silêncio é a maior arte: foi o que explicou a tantos que quiseram escrever sobre ele, que lhe pediram para falar de sua vida, e de Anita; há coisas que não se deve falar, Giuseppe disse a Alexandre Dumas, o grande narrador de aventuras, no tempo em que já era um monstro sagrado e nem se sabia que sua inacreditável jornada ainda estava longe de ser completada, com façanhas tantas e tamanhas que ao fim e ao cabo pareciam mentira, ou a mais fantasiosa ficção. Há lembranças que custam caro, dilaceram o coração, mesmo para o mais duro dos homens, que viu tantas coisas terríveis; recordações que se mantêm em carne viva, capazes de levar muitos à mais explicável loucura. Coisas que guardamos para nós mesmos, como aquela dor, que interessava apenas a ele, e só discutia na sua conversa imaginária com os mortos.

Nela, estava sempre com a mulher com quem dividira tudo, fazia tanto tempo que já não recordava muito bem seus traços, imagem fugidia que tomava outras formas, tantas que já não sabia ao certo qual era a primeira; de exato havia o sorriso, sim, o sorriso, a mecha na testa, e o olhar. Aquela Anita quase sem rosto andava em muitos rostos encontrados nos caminhos, na natureza, no tempo, ou melhor: dentro dele. Surgia ao sopro da brisa do mar, que evocava outras brisas em outros dias; nas estrelas, que eles tinham contemplado juntos, deitados no bivaque, perto do fogo; no tinir dos talheres à mesa, como o metal das espadas nas lutas em que combatiam lado a lado. Assombrava-se com aquela guerreira com uma coragem que não vira em homem algum; mesmo nas horas mais duras e incertas, nos momentos mais graves, em que se perdia toda e qualquer esperança, ele buscava nela o sorriso, sua única certeza, ou a única que importava, e ainda naquele dia era seu recurso, halo cálido e confortador.

Sabia dela tudo, mesmo do tempo em que nem a conhecia, pelas histórias que lhe contava, nas longas cavalgadas, na paz fragosa que sucedia as batalhas, quando se olhavam surpresos e maravilhados por ainda estarem vivos; costas descansadas no pelego, a luz da fogueira a crepitar fracamente, os olhos negros de Anita cintilavam, abertos ao céu estrelado. Ele a sentia, ouvia, via nua aos 14 anos, virgem selvagem emergindo do mar de Santa Catarina, o prazer de sentir a água escorrendo pelo corpo açoriano, o sol a aquecer a pele arrepiada. Um dia, não sabia qual, que podia ser qualquer um do ano de 1835: Anita arrastando os pés na areia, Anita apanhando do chão o vestido de algodão cru, jogado sobre o corpo molhado, caminhando até o cavalo amarrado no galho caído, tomando a vara de salgueiro, firme e flexível, que usava como relho. Saltou sobre o animal, montado em pelo, como as amazonas vistas pelos viajantes ancestrais no Brasil que, com ela, deixavam de ser mitológicas, e viu o homem entre as folhagens a espiá-la: o carreteiro jovem, grande e brutal, com quem cruzava na estrada; conhecia seu cheiro de cio, seu olhar lúbrico, denúncia da índole perversa, do espírito impuro, da alma ruim.

Que é, nunca viu?

Partiu a galope, cabelos molhados batendo nos ombros; ao sair da praia e chegar à estrada, uma picada no meio do matagal, um carro com uma junta de bois atravessou o caminho. O carreteiro estava ali; segurou o animal que ela montava pelo freio; antecipava o momento, com a boca espumada, salivando, feroz.

Vem pra cá!

Solta!

Andar por aí assim é tentação! Você tem o demônio no corpo, menina, vem pra cá, eu sei o que você quer...

Anita contava, reproduzia as palavras com uma nota rouca, e o corpo de Giuseppe se retesava, vivendo por ela, de novo, o momento; alerta, raivosa, implacável, tomada de um destemor súbito, a coisa mais parecida consigo mesmo que ele encontrara no mundo: aquela vontade de ferro, aquele impulso interior, aquele desejo de atravessar muralhas, saber o não sabido, vencer o invencível, chegar ao extremo e sentir o extremo de tudo.

O carreteiro puxou o cavalo, tentou agarrá-la pela cintura, jogá-la ao chão; ela, no entanto, bateu com os calcanhares no animal, que empinou e ambos, cavalo e amazona, se desvencilharam da rude manopla; em vez de fugir, a mulher quase menina avançou sobre seu atacante, caçador transformado em caça, e num golpe de vara riscou seu rosto de sangue. Por um instante o homem olhou, incrédulo, até sentir o líquido quente escorrer pela face: o gosto vermelho chegou-lhe à boca antes da dor. Levantou os braços para se proteger, recuando um passo.

Sai daqui!, vociferou ela, me deixa em paz! Nada disso é pra ti! Se tu vieres atrás de mim, te corto de verdade!

O carreteiro viu Anita dar meia-volta e, lançando o cavalo sobre os bois, ei!, fez que se movessem de susto, dando passagem. Ela saiu do outro lado a galope, enquanto o carreteiro, a conter o sangue com a mão, gritava ameaças que soavam agora inofensiva bravata:

Eu te conheço, Aninha do Bentão! Isso não vai ficar assim! Eu te encontro na estrada! Eu te encontro!

*

Aninha do Bentão, assim a chamavam, mas aquela já era Anita, pensou Giuseppe; só que nem ele nem ela sabiam ainda; tampouco sua mãe, Maria do Bentão, na casa em Laguna, onde viviam. Dali fora embora Bentão, o marido tropeiro, de uma vez para sempre, assassinado por vingança, o que fez a mãe se esconder atrás do próprio medo; em vez de honrar o marido morto ou resguardar sua memória, preferiu dizer que tinha sido merecimento; preferiu pensar que ele tinha atraído a morte. Anita não sabia tudo, porque a mãe não lhe contava; sabia que, ao morrer, Bentão, sem querer, deixara para trás a mulher, nove filhos, patos, galinhas e aquele cavalo no qual ela chegou a galope, saltando no meio do alarido dos bichos, espaventados no terreiro.

A casa era parede de taipa e chão de terra batida; o sol que entrava pela janela fazia brilhar o pó suspenso no ar, ouro dos pobres. Na cozinha, a fumaça do fogão à lenha enegrecia o telheiro sobre as vigas de madeira pesada; um canto servia de altar, com imagens de santos e velas votivas que a mãe acendia com mãos torturadas. Ao redor da mesa de centro, uma peça comprida, de madeira nua, brincavam seus oito irmãos; à cabeceira sentava-se Maria do Bentão, vestido negro de luto, com o tio Antonio, vindo de Lages, no interior do estado, a 200 quilômetros, para o funeral; interrompeu a conversa ao ver chegar a filha a toda brida.

Onde você andou, Aninha?

Ela explicou, falou do carreteiro, do susto, de como tinha reagido. Bati na cara, enfatizou ela: se pudesse, matava.

A mãe se assustou; disse que a filha saía bem ao pai, daquele jeito acabava mal; a culpa disso é tua, Aninha, quem mandou ser assim, com esse teu jeito desabrido, atiçando os homens. O tio pediu calma a Maria, segurou sua mão; Anita olhou o tio, como se visse agora em todo gesto de homem uma segunda intenção; Bento mal havia partido, seu lugar ainda frio, e vinha alguém para ocupar o espaço. Estranhou ainda mais o conselho que ele deu em seguida, continuação da conversa que vinham tendo antes: Maria, é como eu estou dizendo, vocês não podem mais ficar aqui.

A mãe sacudiu a cabeça, bufou, negaceou; o pano negro do vestido destacava o rosto, que ainda levava algo de uma antiga beleza, curtida pelo tempo e a necessidade; cada ruga era marca de um filho no colo, do tempo de roupa lavada, dos momentos que com Bento tinham sido enterrados. Aqui é a minha casa, ela disse, e reforçou, onde eu vivi com o teu irmão. A expressão foi dura, de quem via passada a dor, levantava a cabeça e olhava adiante; as crianças saíram porta afora, levando longe o seu alarido, e ela colocou as mãos sobre o rosto, em prece silenciosa, de confessionário; sabia tão bem quanto ele que perdera não somente o marido, como também a proteção; porém era cedo para o futuro, precisava de tempo para assimilar as sentenças da vida. Vocês não têm como se sustentar num lugar tão grande, insistiu o tio Antonio, e eu mesmo não sei por quanto tempo poderei ajudar. A guerra está chegando. Lages está se juntando aos republicanos. Laguna também. Bento Gonçalves logo vai ser o nosso presidente, dizem que está reunindo armas e homens para entrar em Porto Alegre; eu estarei com eles.

Maria levantou a cabeça, deixou as mãos caírem sobre o colo; Anita sentou-se, ainda com a vara na mão. Olhou o tio, dessa vez com interesse. Queria saber da guerra; ali na mesa parecia ainda jazer o morto, no lugar onde tinha sido limpo com toalhas úmidas, perfumado, velado e benzido; a cera das velas ainda desenhava a forma do corpo, e ela sentiu raiva, e sede: sede de seguir com o tio, com quem quer que fosse que lhe desse uma espada, não por vingança, mas para saciar aquela vontade de sair dali, de matar, tirar algo de alguém, como deles se havia tirado.

Antonio, disse a mãe, pensa em nós, não tenho mais a quem recorrer. Ele, porém, balançou a cabeça: ninguém mais quer viver desse jeito, escravo de impostos, beijando a mão de Dom Pedro, esse imperador que só quer manter o Brasil colônia de Portugal. Vamos acabar com a monarquia, começando aqui pelo sul, disse ele, sentencioso e áspero: é a guerra, Maria! Guerra de verdade! Vocês precisam sair daqui, vão para minha casa. Veja Aninha por aí às voltas com esse carreteiro, tens um motivo a mais. Leve-a embora, devo a meu irmão a segurança de todos vocês! Se algo lhes acontecesse, nunca me perdoaria.

Anita se impacientou; não gostava de ser tratada como criança, nem daquela generosidade do tio, que parecia ir além da simples bondade; não tenho medo de nada, disse ela, vou entrar nessa guerra com o senhor! Quero ser como Felicidade; não é porque sou mulher que vou passar a vida pedindo ajuda, minha liberdade vai ser conquistada.

A mãe bateu na mesa com a mão espalmada; onde já se viu, tu entrares na guerra, disse, exaltada; tua irmã Felicidade foi para o Rio de Janeiro se casar, não andar sem roupa nem viver no mar, muito menos matar gente. Tu não és livre coisa alguma, és uma perdida; quem manda sair por aí feito homem, andando em cavalo montado a pelo? Provocas todo mundo, com esse teu comportamento desabrido; se não respeitas o meu luto, a minha tristeza, podias respeitar o defunto fresco do teu pai, que Deus o tenha.

Em outros tempos, Anita talvez se calasse; mas amadurecia; a morte do pai lhe tirara a última rédea, e a liberdade naquele momento era tudo: liberdade de enfim viver como queria, de fazer o que queria, e a liberdade de seu país, o Brasil livre de Portugal. Eu sou livre, disse ela ao tio; somos todos livres, como o senhor me ensinou, como meu pai ensinou; ele sempre viveu livre, andando pelo mundo, e, agora que está morto, está mais livre do que nunca, livre inclusive de toda tristeza.

Bateu a vara na mesa e jogou-a longe; um irmão colocou o queixo na janela, assustado com o barulho e o seu tom de voz; Anita se levantou e saiu como entrou, feito tempestade.

Ai meu Deus, disse Maria do Bentão; estou perdida.

Antonio colocou uma mão no ombro da cunhada, como se pudesse assim ampará-la na desolação; repetiu que a guerra chegava, ela precisava de abrigo para quando a guerra estourasse; e mais, sugeriu que Anita precisava de casamento, como acontecera com a irmã mais velha, já remediada. Até parece que tu não acabaste de ouvir o que ela disse, atalhou Maria do Bentão; essa menina é burro xucro, teimosa, vai casar com quem? Alguém há de pôr a peia nela, disse Antônio, firme; ela tem 14 anos, já tem idade, e há de se arrumar.

Quando Giuseppe ouvia Anita contar de como se arranjara marido para ela, ria gostoso; imaginava o tio dizendo, que alguém coloque a peia nela; quando lembrava dessa frase, Anita ria também. Então Giuseppe puxava a guia de cabresto no bivaque e a laçava pelo pescoço; beijava-a, dizendo que agora estava domada; assim são os selvagens, explicava ele, precisam da peia, porque, sem isso, quem campeia a vida toda jamais encontra amor.

*

Maria do Bentão chegou à vila da Carniça com seus nove filhos, seguindo a pé a carreta da mudança; o cavalo de Anita trazia dois balaios no lombo, com panelas e outros apetrechos da mãe. Ela, que preferira não dar adeus a Laguna, dizendo que, de todo modo, moraria ali perto, sentiu pela primeira vez aquela tristeza quando se deparou com a casa de pau a pique onde iriam morar: uma construção de madeira desconjuntada, num terreno avançado sobre a laguna; na margem de água parada e salobra, os urubus passeavam, donos de tudo. Os moradores saíam de seus barracos para ver da soleira quem tivera a má sorte de juntar-se a eles ali. Atrás da mãe, Anita assobiou entre dentes: vila da Carniça, merece o nome. A mãe lhe disse para engolir as palavras, dar graças a Deus de ter onde morar; espero que goste ao menos do noivo, Manuel é bom homem, sapateiro, todo mundo precisa consertar sapato, mesmo ou principalmente na guerra; algum dinheiro sempre dá.

A mãe a convencera, apelara ao seu bom coração; por todos os santos, disse ela, preciso de ajuda, de um homem em casa; sozinha não dou conta de tudo, e viúva não posso casar; tio Antonio se encarregou de dar solução, veio com aquela ideia do Manuel. Primeiro, Anita foi raio, relâmpago e trovão; gritou aos sete ventos, chorou de raiva, cuspiu palavras de fogo, rolou pela terra, sujando o vestido, como um animal ferido de morte. Arrefeceu ao ver a mãe, mais magra e frágil que nunca, uma mulher sem paradeiro com aquelas crianças todas; ela a vendia a um sapateiro — sapateiro! — como se fosse uma cabra, uma novilha, um frangote, e tinha de aceitar.

Ansiava, queria, respirava liberdade, a liberdade que o pai lhe ensinara a prezar: miragem aventuresca na sela de um cavalo. Ninguém pode desperdiçar o tempo: aquele era o momento da vida onde nascem os sonhos, mas, para a maioria das mulheres, também onde eles morrem. Dali em diante descobriria, afinal, quem era ela: se a mulher comum, que podia ver seu futuro na mãe, anos adiante na mesma história, encurvada pelo trabalho na roça, a lavagem da roupa, os filhos pendurados no colo, sem outro horizonte que o do terreiro de casa, a esperar a morte do marido para vender a filha da vez; ou a mulher desbragada, sem freio nem lei, que deixaria tudo aquilo para trás. O impasse a mortificava, mas segurou os soluços, aprumou-se, enfrentou o destino; depois, veria o que fazer.

Viu as crianças sentadas nas varandas das casas de palafita, calças curtas surradas, pés negros com o lodo de andar na laguna entre os caranguejos. Não sabiam o que era sapato; Manuel trabalhava só para os homens, e, entre os homens, os soldados. O sapateiro calçava futuros mortos, de quem o sapato antes se tirava, escasso que era, para se poder enterrar. O apelido é Manuel dos Cachorros, disse a irmã mais nova, que o conhecia por conta dos bichos; todo mundo gosta dele, é boa pessoa, Anita! Não é ruim quem gosta de bichos; não é verdade, mamãe?

*

Giuseppe nem gostava de pensar que Anita tivera outro tempo, outra vida, outro homem. Anita desdizia o passado, afirmava que aquilo não era vida, e rememorava tudo, para demonstrar-lhe suas razões. Ele tremia ao imaginá-la no dia de seu casamento, quando ainda nem a conhecia, mas bem podia ver, num dia de sol: na vila semideserta ouvia-se somente o órgão, o coro e a prece do vigário da matriz de Santo Antônio dos Anjos; no altar, Aninha do Bentão aceitou em casamento Manuel dos Cachorros, sob as vistas de Maria do Bentão, seus irmãos e tio Antonio, testemunha e padrinho; usava vestido de chita e véu branco até o meio das costas. Ao seu lado, Manuel: manso e bonachão. O vigário entoou o padre-nosso, em latim grave e solene; a Anita pareceu outro enterro, o seu, depois de seu pai; fechou os olhos, para ausentar-se do que acontecia, suportar tudo em silêncio, especialmente o que viria depois.

A casa de taipa da vila da Carniça, à noite: depois da breve festa que Antônio arranjara para Maria do Bentão, com cerveja, sanfoneiro e uns poucos conhecidos, Manuel esperou Anita no cômodo que servia de quarto, com uma esteira no chão, um cobertor de lã e dois travesseiros de pena; o lampião lançou a sombra de Anita pela parede quando ela entrou, ainda com o vestido do casamento. Vi tua expressão durante a cerimônia, disse Manuel, não tenho culpa de não ser o que tu esperavas. Não espero nada, respondeu ela, seca. Agora sou teu marido, vais me conhecer melhor, ele disse; teu medo passará.

Anita encarou Manuel, não tenho medo, disse, resoluta; ele ergueu o braço, então venha para cá, disse, e puxou-a para a esteira; ela resistiu, e ele se enfureceu; a fúria o excitava, o fazia deixar o jeito humilde e serviçal para mostrar o que preferia guardar dos olhos alheios. Acha que porque sou um sapateiro não te mereço, rosnou, entre os dentes; vamos acabar com esse teu orgulho, tu és a mulher do Manuel dos Cachorros agora; segurou-a firme na esteira, arrancou-lhe o vestido com os dedos calosos e enegrecidos de graxa; ela lutou, mas enfim se deixou levar, nua, apenas o véu a lhe cobrir a cabeça; agora tu vais ver como um reles sapateiro pode ter a sua noite de majestade.

Excitado com a própria bravata, ele a colocou de quatro, exposta, indefesa e atônita; Manuel a sodomizou com lágrimas nos olhos, desejo multiplicado pelo prazer do castigo de quem toma a quem o rejeita; Anita suportou tudo, outro jeito de odiar, dentes cerrados e boca calada, para lhe tirar o prazer de ouvi-la sofrer. Quando terminou, Manuel a jogou sobre a esteira, afogueado; viu nela a expressão de dor e de asco; que há? perguntou; e ela, quer mesmo saber? Quero. Agora sei de verdade por que és Manuel dos Cachorros, sentenciou Anita; posso ser tua mulher e tu podes fazer de mim o que quiseres, mas não sou de ninguém, nunca serei. A alma é livre; essa não se toma, é preciso conquistar.

A manhã entrou pela casa com Anita desperta; para uma mulher o casamento é o futuro, para ela começava o passado. Daquele dia em diante, só esperava por uma coisa: a guerra, que colocaria aquela vida para trás. Os homens dizem evitar a guerra, detestar a guerra, mas na verdade a amam, precisam de guerras como de alimento, para evitar que suas vidas se desperdicem no tédio. São as guerras que quebram a linha morta da vida, interrompem os ciclos, leis e barreiras, e reinventam o mundo; elas dão esperança de uma nova vida, enquanto promovem a morte; desmancham o conhecido para inventar o novo, ainda que sobrem as feridas mais profundas e o sangue de sobreviventes e mortos. Anita queria, precisava da guerra, aquele estado no qual nada mais se justificava; o mundo do qual a mãe esperava se proteger seria dissolvido; a liberdade viria, e chegaria seu momento.

Como a tempestade, que se pressente, pelo calor abafado, o vento carregando as folhas, o cheiro de chuva, o prenúncio da guerra era de uma extraordinária paz; os dias se passaram lentos e entraram no outono e depois no inverno, que na costa catarinense deixa o mar gelado e o céu límpido de frio a maior parte do ano. Dois anos ela esperou; cada dia era de taciturna paciência, ao lado de Maria do Bentão, a lavar a roupa, a cuidar dos irmãos menores; Anita de olhos postos no horizonte, seu corpo ganhando força, forma de mulher, e a alma, a energia carregada de vingança, de revolta, de furiosa angústia, até o dia chegar.

Estava ao lado da mãe, suja de lidar com os porcos, que lutava para fazer entrar na pocilga, na hora e no dia do ano que mudaria sua vida e não esqueceria jamais: 1837. A mãe resmungava suas desventuras, rosto respingado de lama, dizia que o sustento valia tudo, quando Manuel chegou; riu das mulheres, pintadas na cara, mas logo se lembrou dos motivos que o tiravam do trabalho; vinha da cidade, com notícia da guerra, afinal; as tropas do governo entravam em Lages. Os republicanos estavam sendo presos; a cidade, vasculhada; os que resistiam eram mortos, rito sumário. Coisas de guerra, quando toda a civilidade desaparece: os homens de cães se tornam lobos, inebriados com o cheiro da morte.

Meu Deus, exclamou Maria do Bentão. Pensava em Antonio; olhou Anita, que deixou o porco escapar, derrubando-a na lama, levantou-se embarrada e correu para trás da casa. Minha filha, aonde você vai?, gritou a mãe, alarmada; Aninha, volta aqui, berrou o marido; não há o que se possa fazer! Vai atrás dela, Manuel, do jeito que ela é, ainda faz alguma besteira, pediu Maria. E Manuel correu, tão rápido quanto podia um sapateiro acostumado a passar o dia na sua molesta bancada; quando alcançou a casa, porém, Anita veio de trás, montada a cavalo, e passou pelo marido zunindo; deixou a vila da Carniça a galope, para consternação de todos. Volta, Aninha!, berrou Manuel, impotente; ficaste louca? Tu és louca!

*

Chegou à noite; o cavalo bufava, extenuado pela longa jornada, estrada acima, até o planalto; Anita percorreu a cidade de Lages, mas o que encontrou foi só seu espectro. Nas ruas, o silêncio pesava; ninguém dormia, mas ninguém tinha coragem de sair de casa; as patas do cavalo e o relincho do animal alarmado pelo cheiro de sangue ecoavam nas vias desertas. Ela passou devagar, entre as estacas nas quais as tropas do governo tinham fincado a cabeça dos revoltosos, conforme o costume português. Iluminados por archotes, os crânios manchados pelo sangue seco, olhos cobertos de moscas, tornavam-se fantasmagóricos; sob um deles, Anita leu, no papel pregado ao palo com cravos de ferradura:

"Que sirva de exemplo a todos que conspiram contra o Império."

Saiu da cidade pelo caminho que levava à roça do tio Antonio; pensara na guerra, chegara a desejá-la, e, agora que estava diante dela, dissipara-se seu regozijo. Então a guerra era aquilo: ela podia vê-la, e mais, senti-la na carne; entrava em seu organismo, como ondas de choque. Tinha se preparado para a morte, para o horror, e ainda assim não bastava, diante da face mais selvagem do ser humano. Tinha de ser assim, e a resposta para aquilo tudo também seria assim. A guerra vem para libertar, mas é feita pelos defensores da liberdade com a mesma espada dos opressores. Ela, no entanto, sentia o peso da maldade, que a cercava agora por todos os lados.

Chegou: o rosto ainda manchado da lama de chiqueiro refletiu as labaredas que consumiam o velho casarão. Anita levou o cavalo entre os restos calcinados, tomada de incredulidade e dor; chamou o tio pelo nome, sem resposta. Em vez dele, encontrou um tropeiro, encolhido sob uma árvore; um antigo escravo de Antonio, com as roupas tingidas de sangue. Saltou do cavalo, olhou seus ferimentos. Um rasgo no abdômen sangrava abundantemente, enquanto ele procurava segurar o intestino com as mãos, para que não lhe caísse fora; Anita foi até o poço e lhe trouxe um pouco d'água. Onde está o Antonio Bento?, perguntou ela, e ouviu, entre espasmos de dor, não sei, estão todos mortos; as tropas do governo levaram os corpos. Dizem que estão indo agora para Laguna.

Não pode ser, pensou Anita; tentou levantar o homem, para transportá-lo a algum lugar; talvez na cidade tivessem poupado a vida do médico. Ele, porém, fez o gesto de quem sabia não ter mais remédio; agradeceu com o olhar quase sumido; paz diante do abismo, e gratidão; não pela água, mas pela última visão não ser de horror, e sim de um gesto de bondade. Mal os olhos do homem se fecharam, Anita já subiu no cavalo outra vez e se pôs a galope.

Não entendeu como deixara de cruzar com as tropas imperiais no caminho. Para voltar a Lages, devia descansar o cavalo; dormiu sobre a relva, a curta distância de estrada, e comeu frutas silvestres, o pouco que podia fazer sem entrar em vila ou cidade. Ao acordar, demorou muito mais, por trilhas que evitavam a estrada principal. A barbárie em Lages servira de aviso: mulher sozinha e desarmada, entre as tropas de governo e os republicanos, seria melhor não encontrar vivalma pelo caminho. Naquela guerra, como talvez em todas as guerras, não devia haver honra, respeito ou piedade, fosse qual fosse o lado.

Chegou a Laguna três dias depois da partida. Na hora da primeira estrela, sobre o cavalo espumando, de longe testemunhou o inferno: a cidade em chamas avermelhava a noite, os mortos se espalhavam pelas ruas, tiros vinham de dentro das casas. Mulheres e crianças corriam para a rua, chorando e gritando, em desespero; soldados com a farda imperial varejavam as ruas, baionetas em riste; Anita sustou o cavalo, recuou e, saindo da estrada, mergulhou no matagal, sem saber como ou em que poderia ajudar, só com o pensamento de voltar para casa.

Encontrou a vila da Carniça incólume; os imperiais ainda não tinham passado por lá. Suja e insone, Anita entrou em casa e ajoelhou-se diante da mãe. Ao trazer a tragédia para dentro de casa, Anita sentiu-se responsável por tudo, até pelo sofrimento da mãe. Manuel, a um canto, olhava alguma paisagem interior. Não sei como consegues ficar indiferente numa hora como esta, disse Anita; não estou indiferente, respondeu ele; não concordo com o que está acontecendo, mas nada posso fazer, a não ser, claro, trabalhar. Vocês precisarão de mim mais que nunca; seu tio Antonio infelizmente já não pode ajudar.

Ao ouvir tudo, Maria do Bentão caiu no choro; embora fosse a segunda tragédia da família, se desfez de tal forma que Anita voltou a suspeitar que a mãe tinha com o tio algo além do parentesco. Impacientou-se; entrara em casa para tirá-los dali e exasperava-se diante da inação do marido. Manuel não tinha entendido que corriam perigo, que todos ali podiam morrer, a começar por ele. Quis gritar com ele, acordá-lo, mas a voz lhe parou na garganta; um alarido lá fora espantou as galinhas e se ouviram outros gritos, gritos de homem: pavor, medo e horror. O estalo de botas pesadas na escada fez o coração martelar o peito; tarde demais, pensou. A tramela rebentou a golpes da coronha de um fuzil. A porta girou com violência, estapeando a parede, e entraram dois soldados imperiais.

O que vocês querem?, perguntou Manuel dos Cachorros, voz embargada de medo; alarmadas, Anita e Maria recuaram até encostar na parede oposta à das silhuetas que fechavam a saída. Manuel se pôs à frente das duas mulheres, não com a intenção de protegê-las, e sim porque simplesmente não havia espaço para esconder-se mais atrás. As crianças saíram dos outros cômodos para ver o que havia, e Maria do Bentão gritou para que voltassem, para dentro, já!

Manuel Duarte?

As palavras atravessam o ar como tiros de um pelotão de fuzilamento; Manuel sentiu faltarem as pernas. Olhou para Anita, que não soube o que dizer; a aflição na expressão do marido, que sabia ser corajoso diante das mulheres, mas agora perdia o prumo à frente de soldados, a fez desprezá-lo ainda mais; se fosse menos estúpido e a tivesse ouvido antes, poderia estar longe dali.

O que vocês querem?, bradou Manuel; não sou revolucionário! Deixem-me em paz!

Venha conosco.

Não sou revolucionário, já disse! Eu imploro!

Você foi recrutado para servir ao imperador. Todos os homens em idade militar estão sendo convocados.

O sapateiro balançou a cabeça, aparvalhado.

Mas sou apenas um sapateiro!, disse. Olhem, prosseguiu, apontando Anita e Maria do Bentão; tenho família para cuidar, nunca peguei numa arma.

A resposta foi um fuzil apontado na sua direção:

Nós éramos assim, também.

Manuel olhou vazio para as duas mulheres; afastou-se e saiu com os soldados, desconfiado de que era apenas um truque para fuzilá-lo do lado de fora sem resistência; o suor lhe empapava a camisa. À porta, teve tempo apenas de lançar um adeus suplicante para Anita. A expressão dela era de fria despedida; acreditava que a guerra mudaria sua vida, mas não imaginara que seria daquele jeito.

Nenhuma guerra é o céu, mas, longe do marido, ela teve, nos dias seguintes, sem arrependimentos, verdadeiro alívio. Estar livre de Manuel, ou poder ficar consigo mesma, trazia-lhe os bons tempos de menina, mesmo no cenário conturbado da ocupação de Laguna e das vilas próximas pelas tropas imperiais. Não, céu não era, dizia Anita a Giuseppe, quando recordava aqueles tempos; era mais um purgatório, a transição para algum outro destino, porque sua mãe, em desespero, fizera de tudo para resgatar o genro que sustentava a casa; sem ele, como fariam?

Andavam na cidade ocupada, entre os soldados fardados na ronda; levada pela mãe insistente, Anita fez plantão diante da delegacia, agora ocupada pelas tropas do governo, que ali improvisaram uma prisão militar. Um escrivão de monóculo atendia no final da fila que se formava ao redor de todo o quarteirão antes de atravessar a porta; havia presos e desaparecidos, os parentes pediam providências, ou ao menos alguma informação.

Estamos à procura de Manuel Duarte, disse Maria do Bentão, quando elas conseguiram afinal se aproximar, pernas doendo e a cabeça a latejar, depois de oito horas em pé.

A Marinha de Guerra não é aqui, respondeu o escrivão.

Onde é, então?

Vocês são quem?

Ele é meu marido, disse Anita, irritada, não somente com a impassividade do homem, como por ser obrigada a usar a palavra "marido", que achava tão pouco apropriada; pior, deixava-a furiosa a simples ideia de que precisava salvar o traste que, na teoria, deveria estar cuidando delas.

Todos os recrutas da Marinha foram para o sul, disse o escrivão; há informações de que os revolucionários estão enviando tropas para Laguna.

Não sabemos nada da guerra, disse Maria do Bentão; precisamos apenas encontrar o meu genro. Estamos sozinhas, quem sabe ele possa nos enviar ao menos uma parte do seu soldo.

Sinto muito, senhora, mas não tenho como ajudá-la.

E quem pode?

Muita gente está em dificuldade, a senhora não está vendo? Eu não tenho a menor ideia.

Ele fez um sinal para que ambas saíssem; a mãe voltou-se para Anita; com ares de o que fazer. Esperar os republicanos, disse a filha, e, quando eles chegarem, quero estar bem na frente para ver quanto correm esses imperiais.

As manhãs orvalhadas seguiram frias e o sol da tarde, cristalino; a natureza ignorou os desmandos, desastres e querelas humanas, mas eles estavam lá. Com o tempo, Anita concluiu que era ruim com Manuel, mas pior sem ele. Em pouco tempo, ficaram todos sem comida; sem ele para ajudar, Anita cuidava de todos os irmãos. À mãe já faltavam as forças; as desgraças seguidas a tinham abatido e pela manhã mal queria levantar.

A guerra mudara as coisas, nada para melhor; se não podia contar com a ajuda de Manuel, por outro lado não deixara de ser casada; continuava a ter marido, ainda que não soubesse seu paradeiro. A incerteza a afligia; podia desumanamente ansiar pela morte de alguém? Só a Giuseppe, anos mais tarde, confessou tais pensamentos; tinha vergonha de si mesma por eles, mas a verdade é que de cada mensageiro esperava a notícia da morte de Manuel, por um tiro fatal ou qualquer outro motivo certeiro que não o tivesse feito sofrer; por ele tinha, ao menos, misericórdia.

Cuidou das preocupações de sua mãe; trabalhou, valendo por dez homens, para sustentar a família. Mesmo assim, havia dias em que ninguém tinha o que comer; as plantações eram saqueadas pelos soldados, ou, na falta deles, pelos vizinhos também famélicos; os porcos foram todos roubados na madrugada e ela nem mesmo soube por quem. Salvava a todos da inanição com os peixes, que pescava com as crianças mais novas, era também diversão; mesmo assim, escondia linhas e anzóis, que podiam também ser roubados ou confiscados pelos imperiais. Na guerra, qualquer coisa que produzisse alimento era razão de cobiça; a fome despertava nos homens seus piores instintos.

Ela se impacientava, não somente com aquela situação; sua vontade ainda era ir à guerra, e maior, para vingar tio Antonio. Lutaria por ele e pela liberdade: sua liberdade, a liberdade com que sonhava seu defunto pai. O roubo, a injustiça, a violência predatória, a arbitrariedade, a opressão — tudo contribuía para tornar detestadas as tropas imperiais. A maneira como invadiam as casas das famílias, recrutando à força os homens para as fileiras do imperador, criava um Exército insatisfeito e despreparado, em que se lutava como lutam os mercenários, com mais apego ao soldo e à pele do que à causa pela qual se batem. Mantinham a ordem não pelo respeito à lei, mas pelo terror; eram odiados, ao final, e aumentavam a simpatia de todos pelos republicanos. Era a esses que Anita desejava se juntar: aguardados justiceiros, que passariam sobre os homens do imperador a pata de cavalo. E não estaria com eles para cozinhar; ficara com o velho trabuco de seu pai, escondido debaixo de uma das tábuas do chão; esperava o dia em que pudesse empunhá-lo e lutar ao lado daqueles com quem valia a pena estar.

Esse dia chegaria, estava certa; tanto que não tomou susto, nem se alarmou, quando finalmente chegou. Pela manhã, muito cedo, chamou a mãe, que ainda dormia; Maria do Bentão acordou sonolenta, estranhando estar a filha tão acesa àquela hora; que foi?, perguntou, arrumando os cabelos desgrenhados; Anita colocou a mão em concha no próprio ouvido; está ouvindo? Parece tiro, respondeu Maria. São os republicanos, mãe, disse Anita, entre feliz e esperançosa; esses canhões vêm de Laguna. Ai, minha Nossa Senhora!, exclamou a mãe; e eu que rezei tanto para isso acabar. Quem sabe mais o que vai acontecer? Vai acontecer muita coisa, mãe, respondeu ela. E eu vou estar lá.

*

A cidade de Laguna fervilhava quando Anita chegou, a pé, com cautela, por não saber que perigos encontraria pelo caminho; o que viu ao entrar na cidade, porém, foi o povo em festa: uma multidão se juntava na rua, bradando mortes à monarquia e vivas à república e à liberdade. No meio de toda aquela gente, sem ainda compreender bem o que tinha acontecido, perguntou a um homem de barbas grisalhas onde estavam os soldados imperiais. Fugiram como ratos, disse ele, soprando entre os dentes estragados. Viva o general Canabarro! Viva os libertadores republicanos! Olha lá!

A multidão se abria para a passagem do exército republicano, que entrava em desfile triunfal pela cidade; não tinha o uniforme completo dos imperiais, mas não deixava de ser vistoso. O general David Canabarro passou à frente, alinhado com o coronel Luigi Rossetti, ambos de bombachas e dragonas no colete curto; levavam no pescoço o lenço vermelho dos gaúchos, lema da república. Seguiam então os cavaleiros da Legião Italiana: Francisco Anzani, Gaetano Sacchi, Angelo Mancini. No entanto, os olhos de Anita pararam em outro homem que seguia entre eles, montado num garanhão branco de crina longa: Giuseppe, aos 32 anos, barba ruiva, cabelos compridos saindo do chapéu negro, com uma pena negra de ema que lhe servia de estandarte. Trazia o lenço vermelho no braço, como dístico, e o poncho branco amarrado à sela. Logo atrás, cavalgava André Aguiar, escudeiro e amigo, de poncho negro, sobre um cavalo negro como o cavaleiro.

Anita deixou-se levar com os olhos; nunca vira ninguém tão imponente, lhe diria mais tarde; como se pudesse captar ao longe seus desejos, atraído por aquela força invisível, Giuseppe olhou na direção dela. A partir dali, Anita não precisaria dizer mais nada, e dali em diante ele saberia tudo dela, não mais de ouvir contar pelos lábios ao mesmo tempo doces e duros da mulher, e sim como testemunha. Ele na verdade já a tinha visto antes, uma vez: a bordo de seu barco, ao ancorar na laguna, examinara a terra com sua luneta de marinheiro; tivera um alumbramento, fascinado com a mulher diligente, a lavar a roupa na praia, rodeada por crianças, com seus gestos musicais, seu porte encantador, sua alegria espontânea; havia nela um magneto, que talvez não funcionasse com outro homem, mas nele despertara o desejo de desembarcar, saber quem era e declarar um amor inexplicável.

Estava a caminho da luta; não pudera saltar n'água, como desejava, e alcançá-la na praia, ajoelhar-se aos seus pés. Depois da expulsão dos imperiais, vasculhou a praia, a cidade, as fazendas, inutilmente; ao vê-la em meio ao povo, sentiu mais uma vez a agulhada da paixão instantânea, mas foi novamente arrastado para longe, dessa vez pela multidão em desfile. Quantas vezes lhe disse mais tarde, ao longo dos anos, que a vida muda por completo num só instante; não por conta dos eventos que varrem o mundo, e sim por algo dentro da gente: o instante mágico, em que a roda da vida passa a girar de outra forma e nada mais é como antes. Deixa de existir a coragem, dizia, pois a coragem é vencer o medo, e não se tem mais medo de nada quando se encontra a maior força humana, que é a do amor.

Tivesse a mãe convencido Anita a se esconder em casa, ou a fugir dali, ou os revolucionários perdido a batalha naquele dia, ou ainda terem passado ao largo, a vida e o próprio mundo teriam sido outros. Se não tivesse entrado no movimento de Giuseppe Mazzini pela unificação e libertação da Itália, Giuseppe não estaria lá; se os franceses de Napoleão não tivessem sido expulsos e o país não fosse ocupado pelos austríacos ao norte e dividido ao sul entre o papa e alguns reis feudais, ele não estaria lá; não fosse Mazzini republicano, e não tivesse Giuseppe lutado ao seu lado, levantando Gênova, uma luta sem sorte, não teria sido condenado à morte em seu país e fugido para o exílio — e não estaria lá. Buscara outro país onde precisassem de um marinheiro e de uma espada, com a Legião Italiana, todos expatriados pela guerra como ele; não estaria lá se não tivesse ajudado a construir barcos de guerra para Bento Gonçalves, o líder republicano; não teria se tornado comandante da frota apoiando os rebeldes brasileiros, que se chamavam de farroupilhas. Porém, decidira lutar ao lado de todos aqueles que perfilavam com o ideal da liberdade, onde a luta estivesse, e, por isso, estava lá — onde se encontravam os seus iguais.

Giuseppe reconhecia a existência, a natureza e a força do destino que o mandara a tantos lugares, marinheiro de outros mares, a seguir seu sonho de criança, até alistar-se na luta em terra gaúcha; pensava estar ali para cumprir seu destino de guerreiro, de aventureiro, de defensor da liberdade, e encontrava, não por acaso, o amor que lhe dava um sentido maior, porque o amor verdadeiro não mata a vida que cada um deseja ter; ao contrário, nos impulsiona para ela, estimula, glorifica.

Deitado em seu leito de morte, o vento a soprar lá fora, fazendo bater as janelas da casa em Caprera enquanto se aproxima a noite, ele pensa nessa verdade absoluta, mas desconhecida para quem nunca sentiu esse amor; ainda sente pulsar no peito a gratidão por aquela dádiva que faz os melhores anos, justifica a existência, e volta a lembrar.

Na multidão efervescente, eles seguiram divergindo aos poucos; mesmo na balbúrdia se fez aquele silêncio, ou pelo menos a ambos assim pareceu, cena parada no ar, congelada no tempo, resultado de um choque interior: naquele instante, existiam somente eles dois, Giuseppe e Ana, mais nada. Até que a passagem das tropas tirou a vista um do outro; atrás dos comandantes seguiam os revolucionários, primeiro montados, depois as tropas de infantaria. De repente, ele voltou à realidade, ouviu novamente o barulho da turba, envolvido pela população em júbilo. Estacou o cavalo junto com David Canabarro, diante do povo, muitos deles simples camponeses, brandindo enxadas e foices, como se tivessem se juntado às tropas, formando um único corpo. Sobre o cavalo inquieto, de espada em riste, Canabarro gritou: Povo de Laguna! Chegou o dia da libertação! Estou aqui para dar por declarada a República Juliana! Eu, o coronel Rossetti e o comandante Garibaldi, da Legião Italiana, que empunha armas ao lado da República, estamos aqui para protegê-los. Viva a República!

Vivas rebentaram em uníssono; Anita buscava Giuseppe, logo atrás do comandante; porém, dezenas de pessoas saltavam na sua frente, até que ela perdeu os cavaleiros de alcance, em meio a urros e vivas de Canabarro! Rossetti! Garibaldi! Viva a liberdade! E aquilo não lhe pareceu uma comemoração coletiva, era um anúncio pessoal: dizia que chegara o momento em que Aninha do Bentão morria para nascer alguém mais.

*

A festa tomou conta de Laguna; soldados revolucionários bebiam na rua e divertiam-se com a gente da cidade. O clima de liberdade tendia para a libertinagem; mulheres se ofereciam aos soldados, dançavam com eles pelas ruas, um êxtase coletivo em que canecas de cerveja corriam de mão em mão e grupos de soldados caminhavam pelas ruas abraçados, cantando velhas canções. Anita sentou-se na escadaria da sua antiga casa em Laguna, onde matava a saudade do tempo em que ali ainda vivia com a mãe e o pai; via a festa, mas não participava dela: desfrutava daquela alegria à distância, subitamente cansada, como quem esperara muito por um momento, e, quando ele enfim chegava, sentia apenas alívio. Tinha consigo a certeza íntima de que desejar muito uma coisa a atrai para nós; escutou as botas pesadas, viu-as primeiro, quando Giuseppe se aproximou; de vê-lo, sabia que ele sentia algo por ela, também; sem conhecê-lo, o entendia tão bem, porque para isso bastava conhecer a si mesma; eram feitos da mesma matéria, tinham a mesma natureza e não necessitavam mais nada para se entender.

Boa noite, meu nome é Giuseppe, disse com seu sotaque italiano, que não perderia jamais. Todos em Laguna já o conhecem, disse Anita; pode me fazer companhia, se não se importar de sentar aqui ao meu lado no chão.

Em Caprera, Giuseppe recorda Anita na escada; como naqueles seus últimos dias, não pode ver direito seu rosto, imerso em sombras; sente dela a fúria, a energia interior que reconhece em si mesmo e o cativara no primeiro instante; algo que sobressaía, iluminava seu rosto e a destacava em meio à multidão. Aquela mulher tinha sido feita para ele, ou ele para ela; um acerto do instinto, que muitas vezes é sábio, e a quem tantas vezes ouvira, confiando no sentimento, usando como guia não a cabeça, mas o coração. Este lhe dizia que aquele era o único lugar em que desejava estar; viajara mundos e mares, entrara em muitas batalhas, e tudo terminava exatamente ali, verdadeiro sentido do passado sem rumo: explorador do universo, sem saber o que procurar, ele afinal sabia o que viera fazer no Brasil.

Aqui me chamam de Aninha do Bentão, disse ela. Seu nome então é Ana, disse ele. Na Itália, quando temos carinho por uma Ana, ela fica sendo Anita. Ah, pode ser Anita, então: ela finalmente sorriu, satisfeita que ele a visse com outro nome, ou como outra pessoa, ou ainda como a verdadeira mulher que ela era; não a mulher do Manuel dos Cachorros, filha da Maria do Bentão. Anita era sua verdadeira identidade, a mulher que via dentro de si mesma. Anita, repetiu em voz alta, e em silêncio, pensou: Anita Garibaldi.

Giuseppe contou que tivera que voltar para seus barcos, deixados na Laguna, e passara aquelas horas em suspense; só pensava na hora de voltar para a cidade, entre o receio de não encontrar Anita e a paradoxal sensação de que se veriam outra vez. Agora que chegara o instante, ele, homem do mundo, que comandava marinheiros sanguinários, soldado inclemente em combate, não sabia bem o que fazer; seus nervos o deixavam como não ficaria, sozinho, diante de todo o exército imperial. Teve raiva, como um lutador que estava ali, de certa forma, para uma rendição. O que lhe veio então à boca, na derrota, foi apenas a verdade, a frase vinda do coração, a confissão mais pura, inaugural da intimidade mais absoluta: não esteja tão certa assim de que todos me conhecem, disse ele; às vezes acho que nem eu mesmo me conheço de verdade.

Você parece gostar das causas perdidas, disse ela, meio divertida, olhando ao redor.

Giuseppe esboçou um sorriso; queria falar e se esforçou para transformar seu italiano no que mais perto podia chegar do português; viver em guerra não é fácil, disse ele, repentinamente sombrio; imagine alguém que nunca está em casa, que corre risco de morrer todos os dias, que não sabe onde vai estar amanhã. Dorme no frio, ao relento, cura suas próprias feridas. Imagine alguém levando nas costas a conta dos homens que matou, tanto quanto dos amigos que morreram. Mas não consigo viver diferente. Para mim, as causas perdidas são as mais certas, e o certo nunca está perdido.

Hoje em dia, viver em guerra é o único jeito, respondeu ela.

Ficaram os dois um instante a avaliar aquelas palavras; depois, Anita lhe falou dela. De uma só vez, desfiou tudo o que achava que ele precisava saber: moro na vila da Carniça, sou casada, meu marido foi levado pela Marinha Imperial e nos últimos tempos vivi na lama caçando porcos que agora acabaram; não tenho nenhuma notícia do meu marido, que é sapateiro, mas estou certa de que não vai sobreviver — muito valente com as mulheres, mas inútil numa guerra de verdade. Minha mãe tem mais oito filhos e não podemos nos sustentar, ainda mais sem ele. Não sou vítima da guerra, como meu tio, cuja casa eu vi queimar, ou todos aqueles que tiveram a cabeça empalada nas ruas de Lages. Eu quero vingar quem fez tudo isso, ou quem acha que pode fazer. E quero ir com você.

Giuseppe riu, com aquele amontoado de revelações, como se fossem necessárias; mão no cabo da espada, recostou-se nos degraus superiores da escada. Aprendera nas lutas a conhecer os homens; sempre sabia quem eram os doentes ou fracos, os valentes e os fortes, aqueles em que se podia ou não confiar, mas nenhuma batalha lhe ensinara a entender as mulheres. Aquela era diferente; não precisava saber de nada, ou, por outro lado, era como se já soubesse de tudo. Nunca vira mulher assim guerreira, nem sabia de alguma, desde Joana d'Arc, que de tão rara se tornara também santa. Ao ver o olhar de Anita, reconhecia o magma vivo, a energia vulcânica daqueles que, como ele, não perdiam tempo com decisões, como se necessita no campo de batalha.

Ele se sentia como um pirata que acabara de descobrir um tesouro proibido, mas de grande valor; punha nele as mãos ávidas. Tu deves ser minha, disse; colocou em sua frase um sentido que só a morte poderia desfazer. Anita nada respondeu; não por falta do que dizer nem por surpresa; era apenas a aceitação tácita de algo com que já contava.

Nesse instante, apareceu Aguiar; uma cicatriz que lhe cortava o rosto, grossa como um cordão, latejava na pele negra quando algo o preocupava. Trazia urgências da guerra; o coronel Rossetti chama, disse, sucinto, ao ver Anita, como quem não pode dizer o que precisa na frente de um estranho. Giuseppe levantou-se, assentindo com a cabeça. Voltou-se para Anita; não se despediu, não fez promessas, não disse mais palavra. Olhou-a por um instante e depois foi embora, apressado, livrando-se rapidamente de quem o reconhecia e cumprimentava na rua, até desaparecer na multidão.

*

Com vinte marinheiros a bordo, o *Rio Pardo* era uma escuna adaptada para a guerra, com canhões à proa e na popa; do convés, se avistava o *Seival*, o lanchão com um par de mastros que completava a resumida frota farroupilha; com eles, Giuseppe procurava auxiliar na laguna os combatentes em terra. No convés reunia-se o alto comando da esquadra: Rossetti; o norte-americano John Griggs, comandante do *Seival*; Gaetano Sacchi, comandante do *Rio Pardo*. Giuseppe saltou do escaler para a escada de corda, seguido por Aguiar, e saudou os marinheiros com um gesto seco. O general Canabarro está preocupado, disse Rossetti, tão logo viu Giuseppe; acredita que logo os monarquistas enviarão reforços; por certo a frota do Mariath está a caminho. Griggs, mercenário como todos os outros, aventureiro que preferia a morte com glória a uma vida longa sem lutas, falou com seu sotaque inglês, tão carregado que os outros mal podiam entender; o general se preocupa demais, nem foi ontem à festa; cada dia com seu cuidado.

Sentaram-se; Rossetti compartilhou uma cuia de chimarrão, hábito gaúcho mimetizado pelos europeus revolucionários na campanha com os farroupilhas. Tem razão, disse, apontando o recém-chegado; vejam só o nosso Giuseppe, não está preocupado com nada. Achou algum passarinho na cidade? Puxando na bomba de metal uma talagada de mate fervente, Griggs acrescentou: será como aquele passarinho que você andou namorando, na casa de Bento Gonçalves? Rossetti lembrou: Além de frequentar a sala do nosso presidente, ainda beliscava na cozinha a sobrinha dele... Como se chama? Manuela!

Riram todos. Giuseppe ficou sem jeito; como ele mesmo nada dizia, Aguiar atravessou a conversa; é moça morena aí da cidade, disse e piscou um olho, de muito mau jeito, porque a cicatriz na cara quase lhe tirava o movimento, assim como enfantasmava o sorriso; conversava com ela na porta da igreja, quando fui buscar.

Daquela vez, mesmo feliz com a vitória, Giuseppe, o Conquistador, não tinha vontade de brincar. Vocês não entendem, disse, muito sério: agora é diferente. No começo, siô, todas as mulheres são diferentes, afirmou Aguiar; depois, é impressionante como ficam todas iguais. Mais risos, com o coro dos marinheiros, que escutavam ao longe; na conversa de homens, não há hierarquia; na guerra o comando valia, mas nos momentos de revolucionária paz eram todos iguais. Pelo menos temos um comandante que está aproveitando bem a guerra, disse Griggs; quem sabe podíamos arrumar uma moça desta terra também para nosso general Canabarro, lhe faria bem; enfrentaria de melhor humor até Mariath.

Mais risos; Giuseppe balançou a cabeça, queria explicar; não, insistiu, essa é diferente. O que o nosso *condottiere* viu de diferente na moça?, provocou Rossetti. E Giuseppe respondeu, seguro: a sobrinha do presidente é bela, mas é uma moça da sociedade, delicada, perfumada... Essa é uma gata selvagem, entende? Não tem medo de nada. Ela é... ela é... E lhe faltaram as palavras, que no entanto ficaram bem entendidas no ar: "Feita para mim."

Explodiram em gargalhadas, todos. *Un vero caso d'amore!*, exclamou Rossetti. *Che bello! The beauty of passion!*, concordou Griggs. Você a achou com sua luneta de marinheiro? Talvez fosse melhor espiar o mar. O almirante Mariath está ali, em algum lugar, nesse horizonte. E ele vem nos pegar. Isso mesmo, completou Aguiar; e vai pegar a gente aqui nesta laguna, lugar sem saída. Precisamos ir embora daqui, bicho parado é comida de onça.

Nada como a vitória para deixar uma tripulação com fome de luta, disse Giuseppe; vocês têm razão, vamos partir. Mas preciso de algumas horas para deixar esse assunto resolvido. Aguiar, o escaler! Vamos para terra. Sim, siô, disse o outro, e obedeceu.

*

Em casa, na vila da Carniça, Anita costurava um sapato, ofício que assumira na ausência do marido; a mãe sentava-se diante dela, depois de escutar a história de seu encontro na festa da noite anterior. Ouviram um alvoroço lá fora, gente e cavalos que se aproximavam; àquela hora, já avançada, receavam algum regimento dos imperiais, ou saqueadores que vinham na esteira da guerra, para tomar o que ficava para trás na terra arrasada. Ouviu-se o bater na porta, firme, mas civilizado; Maria do Bentão se levantou para abrir. Deu com Giuseppe, em pé, acompanhado de Aguiar; atrás dele, um punhado de curiosos da vizinhança, gente da vila da Carniça que ouvira falar dos revolucionários, e maravilhava-se por encontrar um por ali.

A senhora é dona Maria do Bentão?, perguntou o *condottiere*; pode ser que sim, respondeu ela. Olhou Anita, dentro de casa: o que este homem está fazendo aqui? Anita largou o sapato que tinha nas mãos; seus irmãos, atraídos pelo barulho, saíam do quarto, esgueiravam-se pelas paredes, e os que estavam lá fora espichavam a cabeça pelas janelas, também à espreita.

Vim trazer isto, disse Giuseppe, e deu passagem a Aguiar; o negro colocou na soleira da porta um grande cesto com pão, carne-seca e outros víveres. Agradeço, meu senhor, mas a que devemos tanta gentileza?, perguntou Maria, como se não soubesse. Anita me contou que a senhora e sua família passam necessidade, disse ele. Anita viu o olhar de estranheza da mãe, como a dizer, Ana, quem é esse louco? Aproximou-se da porta, por onde Giuseppe ainda não entrara; devia estar surpresa, mas a presença dele a deixava somente plena de alegria; não era aquele italiano em botas de combatente a figura estranha: ele é quem vinha colocar as coisas no lugar.

Posso entrar?, disse Giuseppe, e Maria, decidida a não facilitar nada, por medo do que podia vir, se opôs. Não, até eu entender o que está se passando aqui; o senhor quer me ajudar... Ou comprar minha filha?

Giuseppe não se ofendeu; desculpe se fiz parecer dessa maneira, disse ele, mas a verdade é que, sem intenção de comprar ninguém, já que gente não se compra, pelo menos entre republicanos, vim mesmo buscar sua filha.

Aguiar foi tomado pela surpresa; imaginava que o comandante tivesse ido até ali apenas levar o presente, ajudar a família, e se despedir sem maior demora. Olhou para o comandante como se visse alguém ficando louco; este tirou o chapéu com penacho, humilde e gentil, porém retilíneo; nada o impediria, diante da sua decisão.

Maria do Bentão recuou, espantada com algo tão direto e repentino; Giuseppe deu um passo casa adentro, deixando Aguiar para trás. Um riso gorgolejante de desgosto e contrariedade escapou da garganta da mãe; vocês se conheceram ontem, como minha filha acaba de me contar, ela disse. É verdade, concordou Giuseppe, mas é verdade também que ela se casou uma vez com alguém que nem mesmo conhecia. Maria se embaraçou com aquela observação; sem saber como mudar de assunto, voltou-se para a filha, nervosamente; que história é essa de Anita, afinal? Ele é italiano, mamãe, respondeu ela, simplesmente.

Com a naturalidade da filha, tranquila como se tivesse aquele nome a vida inteira, a guarda de Maria do Bentão baixou. Tinha de reconhecer os impulsos de Anita, conseguira segurá-la por muito tempo; quem seria ela para vencer aquele espírito indomável, ao lado de um homem como aquele? Lembrou-a de que ela ainda era casada, até que se soubesse o destino do marido. Anita nada respondeu; estivesse Manuel dos Cachorros vivo ou morto, não fazia diferença; nada mais importava. Sei apenas que tenho de ir, disse Anita; esperei até hoje e é com ele que eu vou.

A mãe se aproximou; sua perda já se via no semblante. Tomou as mãos da filha entre as suas e chorou; chorou de amor, chorou pelo sofrimento que lhe tinha imposto, pela partida de sua melhor amiga, de sua companheira, da filha querida; chorou de saudade de Bento, que não podia ampará-la naquele momento; por fim, chorou de temor, lembrando a filha dos perigos da guerra. Sendo aquilo inevitável, que fosse então, mas mandasse notícias, quando possível; trataria ela mesma de cuidar da casa e das crianças, daria um jeito; que Anita fosse e cumprisse o seu destino, queria vê-la feliz. A saudade é o tributo do trabalho dos pais. Se ela sofria na vila da Carniça, era para permitir que Felicidade vivesse no Rio de Janeiro, e Anita escolhesse o seu destino, ainda que ao lado de um guerreiro, prenúncio de tormentos.

Anita abraçou a mãe, beijou os irmãos, que ainda não tinham entendido bem o que acontecia; seus olhos estavam rasos d'água, certa de que jamais voltaria; a vida demandava escolhas, chegara a sua. Sentia a presença do pai: Bento, que lhe dera apreço pela liberdade, em todos os sentidos, e a estimulara a seguir seus sonhos; os sonhos são as mensagens do coração. Juntou-se a Giuseppe e saiu. Não vais levar nada?, perguntou Giuseppe. Disse ela: não.

*

A tarde caía quando Rossetti e Griggs viram Aguiar subindo a amurada do *Rio Pardo*; qual não foi sua surpresa quando este baixou a mão e puxou Anita. Ela saltou para o convés, seguida por Giuseppe; os dois comandantes se entreolharam, entre a surpresa e o espanto. Não é que o nosso *condottiere* estava falando sério?, disse o italiano, em voz baixa, para que somente o norte-americano o escutasse; ele não pode fazer isso. Deixe, corrigiu o Griggs; amanhã será outro dia, você o conhece, logo isso acaba.

Giuseppe os viu à distância; não precisava ouvi-los para saber o que diziam. Uma mulher a bordo era sempre um problema; para os marinheiros, pareceria um capricho de seu comandante, uma fonte de discórdia, um elemento de azar. Na batalha, seria uma atrapalhação; algo, porém, lhe dizia que dessa vez tudo seria diferente, e bancaria a todo custo essa convicção. Aproximou-se dos companheiros e fez as apresentações: Anita, estes senhores são o coronel Rossetti, outro italiano exilado como eu, e o doutor John Griggs; como nós, um estrangeiro a serviço da República. Aguiar, você já conhece; como outros antigos escravos, juntou-se a nós na luta pela liberdade, e não há ninguém melhor que um antigo escravo para dar valor à nossa causa. É minha segunda alma e confio a ele sua segurança.

O negro o olhou, entre a ira e a consternação; aquilo ia ficando cada vez pior para o seu lado. Anita baixou levemente a cabeça diante dos oficiais, em gentil cumprimento, e disse: muito prazer. Contrariado, mas sem deixar de ser galanteador, como bom italiano, Rossetti rendeu-se a ela; o prazer é nosso, disse, não sem um olhar reprovador a Giuseppe, de uma fração de segundo, antes de prosseguir: e embora sua presença seja uma surpresa, já ouvimos falar tanto de você que estávamos curiosos. Sem querer ficar atrás, Griggs acrescentou: sua presença será um alívio para esta tripulação tão cansada das mesmas caras e que vai diminuindo conforme se sucedem batalhas. Sorriu matreiramente, e completou: é verdade que a tradição da marinha associa mulheres e navios ao azar, mas estamos em tempos modernos e acredito que já não há lugar para esse tipo de superstição.

Anita colecionava os olhares curiosos e não se intimidou. Já imaginava que esperavam dela receio ou embaraço e estava disposta a mostrar seu engano; pensem então em mim como mais um homem da tripulação, brejeiramente avisou. Ao que Griggs, inclinando-se num cumprimento, respondeu: faremos o possível.

Quando a lua prateou as águas calmas da laguna, os marinheiros foram de bote à cidade, para a segunda noite da festa. Giuseppe permaneceu com Anita a bordo — de longe se viam os fogos, ouviam-se a música e a exultação. Nada lhes interessava além deles mesmos. Livres dos olhares alheios, sentaram-se à proa do *Rio Pardo*, pernas suspensas no ar, com a laguna ondulando logo abaixo dos pés.

Os revolucionários não gostaram muito da minha presença a bordo, disse ela.

Eu sou o comandante da frota, afirmou ele; isso não é motivo para nenhum motim, eles vão se acostumar.

E eu, vou me acostumar?

Claro.

Como pode estar tão certo?

Li isso nas estrelas, disse o italiano; marinheiros, quando não sabem a direção, guiam-se pelo céu.

Mentiroso, disse Anita, faceira; você leva embora todas as mulheres que encontra pelo caminho?

Claro que não. Só as dispostas a morrer comigo em combate.

Desta vez pode ser que você se surpreenda e eu sobreviva tempo o bastante.

Espero sobreviver também, junto com você.

Você acha que viverá sempre lutando?

Sonho um dia voltar para a Itália, ajudar meu país a ser novamente um só país, grande como sempre foi. Lutar pelo meu povo, trazer de volta a liberdade de opinião, de imprensa, de religião.

E será possível proibir a religião?

Na Itália todas estão proibidas, exceto a católica, é claro. Mesmo assim, o papa tem suas próprias ideias sobre quem são os bons e os maus católicos. Como Pio IX governa um Estado muito grande, os republicanos gostariam que ele voltasse a cuidar apenas do Vaticano e dos assuntos espirituais. Já eu não me importaria de simplesmente lhe cortar a garganta. De uma forma ou de outra, quando houver a integração, nós é que comandaremos o governo.

Anita poderia ouvi-lo a vida inteira; Giuseppe explicou-lhe que na Itália tinha sido condenado à morte, sem julgamento, e mesmo sem estar presente. Outros de seus companheiros, também condenados, não haviam tido a sua sorte: foram executados pelo apoio a Marini. Quero ser guerreira como você, disse Anita, olhos iluminados. Não sou guerreiro, objetou Giuseppe, divertido. Ah é, então será o quê? E ele respondeu, como a pergunta o surpreendesse; eu? Eu... sou poeta. E que poemas você escreveu? Bem, se ser poeta é escrever poemas, sou mesmo um guerreiro, mas... Se poeta é aquele que vive atrás dos seus sonhos, sem se importar com as balas e canhões à sua volta, é isso o que eu sou.

Anita mostrou-se muito satisfeita; ainda bem que você é esse tipo de poeta, disse; eu também não saberia escrever nada bonito, mas posso combater ao teu lado. E o que te faz querer isso?, perguntou ele. Descobri que para ser feliz é preciso ter liberdade, ela respondeu; e que, para ter liberdade, é preciso lutar.

A brisa noturna soprava mais forte sobre a laguna; Giuseppe levantou seu poncho branco, e com ele cobriu os ombros de Anita.

Os imperiais estavam em marcha, assim como o almirante Mariath, um militar inteligente e cruel; logo eles talvez tivessem que lutar de verdade. Naquela noite, porém, aproveitariam o interlúdio de paz; deitou Anita suavemente sobre as tábuas e a despiu; suas mãos de palmas grossas, habituadas ao manejo do cordoame dos barcos e da espada, percorreram a pele catarina; desceram o vale suave das costas, da nuca ao lugar que a fez emitir um suspiro. Anita voltou-lhe o rosto, afogueada de paixão e desejo; ele a possuiu na esquálida luz que vinha tremulando sobre as águas desde a cidade, com o prazer que é ainda mais desfrutável quando se sabe o quanto pode ser passageiro.

Assim, sem outra cerimônia, naquela noite eles se casaram; um casamento sem véu, grinalda ou testemunhas, debaixo do céu estrelado. Giuseppe, nômade de todos os portos, atirado a tantas paixões, com a mesma volúpia e impetuosa insensatez, acreditando a cada vez que era a última, tinha boas razões para pensar que Anita seria apenas mais uma. Porém, uma misteriosa voz interior, que ele nunca se acostumara a escutar, lhe dizia que por trás de toda a incerteza do mundo havia alguém com quem podia viver, era uma alma selvagem como a sua, capaz das mesmas coisas, em busca dos mesmos lugares.

Talvez outra mulher se assustasse com aquele coração de marinheiro; Anita, não. Pelo contrário, sabia que jamais poderia viver com alguém diferente, ainda que isso significasse nunca ter casa, conforto ou sossego. A vida não é a chegada ao porto: é navegação. Que outros, como Manuel dos Cachorros, quisessem viver como o farol, erigido na pedra, imutável e baça radiação; ela queria ser a luz viajante, suave comunhão com o vento, mudança constante, flauta etérea em que as notas se espraiam no ar, mudando conforme a música, em invisível, permanente e lírica afinação.

*

A madrugada raiou com o movimento dos marinheiros no convés; Anita deixou a cabine de Giuseppe, sob a proa, e encontrou-o já no convés, ao lado de Rossetti; todos tinham voltado da cidade e estavam alegres; demonstravam estar mais acostumados à ideia de tê-la por ali. Rossetti cumprimentou-a; explicou que, ao contrário de seus desejos, ficariam ali; o general Canabarro julgava necessário guardar a posição conquistada. A república Juliana pode ter existência breve, disse ele; um mensageiro retornou ontem com a informação de que as tropas imperiais se reagruparam. Mas ainda temos algum tempo para nos divertir um pouco.

Não havia nada a fazer senão esperar; Giuseppe sugeriu a Rossetti que gastasse o tempo de forma útil, ensinando Anita a ler e escrever; quem sabe ela pudesse aprender também um pouco de italiano. Não sei se você sabe, ele disse a Anita, o nosso caro Rossetti é um homem ilustrado, antes de virar revolucionário trabalhava na Itália como jornalista. Anita, a princípio, relutou; não por vergonha da própria ignorância, pois coragem também servia para aquilo, e humildade não lhe faltava; apenas detestava a ideia de dar trabalho, tornando-se o peso que os marinheiros não queriam ter. Foi convencida, porém, pela insistência do próprio Rossetti; será bom, para me lembrar de como era a vida antes da barbárie, ele afirmou.

Enquanto os homens buscavam víveres em terra firme, Rossetti dedicou-se a ensinar Anita; naquele e nos dias seguintes, foram horas de risonha despreocupação. Giuseppe via a mulher desabrochar, não apenas por estar entre eles, espadas atadas ao cinto, como por exercitar sua inteligência vivaz; aprendeu suas primeiras palavras em italiano, escrevia o nome, ainda que com mãos trêmulas e incertas, e começou a ler. Expressão conformada, Aguiar foi à vila da Carniça entregar a Maria do Bentão outro cesto de provisões, com lembranças da filha.

Foram tempos felizes, como não teriam outra vez, jamais; durou mais do que esperavam, por falta de guerra. Entraram no ano de 1840: Giuseppe e Anita, almoçando alegremente com a mãe e os irmãos, à mesa agora rica na casa da vila da Carniça; os dois no *Rio Pardo*, abordando um barco imperial, entre tiros de fuzil e canhão; para surpresa de todos, em vez de esconder-se, como ficaria melhor a uma mulher, Anita tomou um fuzil e invadiu ao lado da marinhagem o barco apresado.

Certa manhã, galoparam pela areia de uma praia deserta; entraram na água aos pinotes, borrifando água um no outro; Anita era cavaleira, muito mais que Giuseppe, homem do mar. Apearam na areia molhada e fizeram amor; a água que estertorava no areal os lambia, enchia de areia, e entraram nus a banhar-se nas ondas, despidos também da malícia do sexo, crianças a brincar. Era a liberdade, não a liberdade que desejavam conquistar, de um país, de um ideal; era a liberdade do tempo, e a liberdade do amor.

Aquela lua de mel interpunha um abismo entre o passado e o futuro, onde se desenhava uma família, por mais improvável que fosse, com a reaproximação da guerra. E por fim ela veio, num dia em que estavam almoçando no convés, com Rossetti, Griggs e Aguiar; um mensageiro subiu a bordo, esbaforido, com as notícias que havia muito esperavam; comandante, o general Canabarro manda dizer que se preparem; as forças imperiais estão próximas.

Os reforços chegavam do Rio de Janeiro; o imperador decidira enfrentar os revolucionários no Rio Grande com uma força esmagadora. E anunciara que varreria Santa Catarina do mapa na passagem.

Griggs bateu na mesa; é a hora, veremos o que é mais fácil, fazer ou falar. Giuseppe deu-lhe ordem para voltar ao *Seival*; chegava o momento que tanto esperavam, e o plano havia muito pensado, menos por brilhantismo militar que pelos parcos recursos, limitadores da capacidade de ação. Mandou colocar as duas escunas na entrada da laguna, com os canhões virados para o alto-mar; ordenou que todos os barcos mercantes largassem, levando sua carga a Bento Gonçalves, pelo porto de Torres; e subiu o morro que separava a laguna do mar para avaliar a distância que estavam do inimigo. Espero que o general Canabarro cumpra o prometido e as forças em terra façam sua parte, disse, antes de desembarcar. Anita o chamou, pediu-lhe um instante e se aproximou para sussurrar algo ao ouvido. Se Giuseppe achava que a vida mudara, não teve mais dúvidas naquele instante, quando ela, por falta de outra hora, que podia nem acontecer, soprou: terei um filho teu.

Dois mares se abriram: o maravilhoso, como é a notícia da vida; e o da preocupação, diante da luta iminente. Poderia enviá-la para a casa da mãe, mas estava certo de que a bordo estaria mais segura que em terra; quem sabia o que os imperiais podiam fazer? Precisava voltar, mais que nunca; para ela e o bebê. Entre a alegria e o alarme, Giuseppe nada disse; olhou firme para a mulher, despediu-se dela com um beijo e palavras suaves: fica aqui, volto logo, com Rossetti estará segura. Ao coronel e amigo, recomendou: caro, guarde esta mulher como uma pedra preciosa; não diga isso, respondeu Rossetti, ou acabarei por roubá-la de você.

*

O escaler, puxado por dois remadores, logo alcançou a margem; Giuseppe subiu ao alto do morro que dominava o lado direito da entrada da laguna, de onde via, flutuando lá embaixo, o *Rio Pardo* e o *Seival*. Secundado por Aguiar, chegou suado, pernas pesadas, devido ao esforço da subida, com a luneta nas mãos; assim que alcançou o cume, viu no entanto que não precisava do instrumento para divisar o inimigo. Os barcos mercantes tinham partido e estavam ao largo, mas bem à entrada da laguna já deslizava uma dúzia de naves imperiais, entre canhoneiras e escunas de guerra. Nesse instante, ouviu os primeiros disparos; apanhado fora de seu posto de comando, praguejou, como só os italianos sabem fazer. Gritou para Aguiar e desceram correndo de volta, com o fôlego que lhes restava.

No convés do *Rio Pardo*, Anita se postou na amurada, ao lado de Rossetti e seus vinte combatentes; o coronel a mandara para dentro, mas ela já se mostrava desobediente. Dali, contemplavam a entrada da laguna, coalhada de embarcações de guerra da marinha imperial; diante disso, explicou ela, melhor eu ficar aqui; posso ajudá-los em algo; se eles tomarem o barco, morrerei como vocês, sem ter lutado. Tem razão, disse o italiano, e comandou seus homens para que estivessem a postos; mal terminou de falar, um primeiro canhonaço arrancou um pedaço da amurada da popa. Um marinheiro gritou, são muitos, não temos como nos defender; ao que Rossetti emendou, Anita tem mais coragem e juízo que vocês todos juntos; quem preferir morrer sem lutar, apresente-se a mim, que já lhe enfio na cabeça uma bala.

Os marinheiros, agitados, resmungaram. Sua única chance era não permitir que os barcos imperiais entrassem pela estreita passagem; uma vez lá dentro, não teriam como fugir, seria o massacre. Nesse instante, ouviram um estrondo. Olharam para a direita. Ali estava Anita, em pé, com um tição nas mãos; tomara o lugar do artilheiro e acabava de disparar o primeiro canhonaço em resposta ao ataque. O que estão esperando?, bradou ela; vão conversar enquanto deixam uma mulher fazendo tudo sozinha por vocês?

Por um instante, os marinheiros republicanos se entreolharam, estremunhados de vergonha e espanto; o que antes pensara em desertar balançou a juba, brios despertados; levantou a mão com o dedo em riste e puxou o grito farroupilha, Liberdade ou Morte!, em fragoroso uníssono; e Rossetti ordenou, ao ataque!

A laguna encheu-se de fumaça, entrecortada pelos tiros graúdos de canhão e o menor, da fuzilaria. Garibaldi e Aguiar chegaram à praia em pleno clamor da batalha; além do batel, estendido na areia, vislumbraram um cenário infernal. Os barcos imperiais conseguiam entrar na laguna cuspindo fogo e manobravam para cercar as duas lentas escunas farroupilhas; eu remo e o siô atira, disse Aguiar. Lançaram o barco n'água; Garibaldi, fuzil em punho, mirava os barcos imperiais ao longe; procurava identificar atiradores que podiam alvejá--los antes de alcançarem o *Rio Pardo*. Da embarcação, Rossetti avistou sua chegada e gritou aos homens no convés que também atirassem para lhes dar cobertura; ainda assim, balas zuniam sobre a cabeça de Giuseppe e pipocavam na água ao redor.

Uma bala é invisível no espaço; sua trajetória, sempre uma angustiosa surpresa; cruzar a laguna a remo debaixo da fuzilaria não foi das melhores experiências pelas quais Giuseppe passou. Atirou, recarregou e atirou; todavia, diante do fogo tão numeroso do inimigo, entendeu que estava abandonado à sorte, e mais valia acelerar a embarcação que tentar se defender; dessa forma, largou o fuzil e tomou o outro remo, para ajudar Aguiar. O maior inimigo do papa na Itália pensou, por ironia, que nunca quisera nem soubera rezar; entendeu ali o valor da fé, a única coisa com que se pode contar quando não há outro recurso; abandonou o corpo aos desígnios divinos; caso morresse, não seria como um covarde; ergueu o peito, encheu-o de ar e remou.

Foi com o sangue acelerado pelo risco e o esforço sobre-humano que viu o *Rio Pardo* crescer à sua frente; quando o alcançaram, jogaram o escaler para trás da embarcação, saindo da linha de fogo — para seu próprio espanto, ele e Aguiar estavam incólumes. Devia isso a muita gente, a começar pelos marinheiros do *Rio Pardo* e, mais ao longe, do *Seival*, que os tinham coberto, além da má pontaria dos atiradores imperiais.

Com Aguiar nos calcanhares, subiu ao convés pela escada de corda, jogada às pressas; o mastro maior, quebrado por um canhonaço, jazia no assoalho. Mais adiante, o *Seival* não se encontrava em melhor situação; sobre a murada penduravam-se os mortos, alguns ainda em posição de tiro. Os sobreviventes do *Rio Pardo* estavam sob outro comando; Anita, da proa, disparava em sequência, enquanto um marinheiro italiano, atrás dela, recarregava as armas. Agachado, fora do alcance de tiro, Giuseppe esgueirou-se até Rossetti.

Você me disse para tomar conta dela, mas acho que ela é que está tomando conta de nós, disse o coronel.

Avisei que ela era diferente, disse Giuseppe, com um sorriso.

Bem, você voltou para discutir seus relacionamentos comigo?

Não, fica para depois.

Resta convencer Anita a sair daqui, disse Rossetti; não quero desanimá-lo tão cedo no casamento, meu amigo, mas ela é muito teimosa.

Enquanto falavam, tiros estalavam na amurada, fazendo voar cavacos da madeira. Giuseppe disse a Aguiar que escolhesse dois italianos para levar Anita no escaler; o negro, contrariado, deu mostras de entender que uma mulher, fosse qual fosse, não valia o risco de dois legionários. Iniciou uma queixa, mas foi interrompido; ela não é só uma mulher, afirmou Giuseppe; é a minha mulher, e você está levando com ela um filho meu.

Aguiar e Rossetti arregalaram os olhos; Giuseppe arrastou-se até Anita, que ainda combatia. Encontrou uma mulher diferente da que havia deixado: veias saltadas no pescoço, olhos injetados, a respiração baixa de um atirador treinado, como se tivesse feito aquilo a vida inteira. Ele sabia bem como era estar pela primeira vez numa luta de vida ou morte: inebriava. No semblante duro da mulher, cara enegrecida com a fuligem da pólvora, afastando a mecha de cabelos da testa para fazer mira, transparecia o instinto de matar.

Vejo que conseguiu o que queria, disse, voz abafada pelos tiros que a mulher disparava. Concentrada, Anita demorou a responder; pensava apenas no que estava fazendo, tanto que mal se interessou por quem estava ao seu lado. Eu disse que lutaria, não? Sim, disse ele, mas preciso que você vá à cidade.

Anita parou; não vou deixar vocês, replicou. Naquele instante, uma bala de canhão passou como um meteoro sobre o convés; rebentou a murada do lado oposto e mergulhou na laguna, levantando uma coluna de água e espuma.

Ela podia ser uma mulher admirável, mas não conhecia a disciplina do soldado, para o qual a primeira regra é obedecer. Sabendo que não a tiraria dali de outra forma, Giuseppe lhe confiou uma missão: pedir ajuda ao general Canabarro, antes que eles ficassem sem munição. Cercados aqui, estamos perdidos, disse Giuseppe. Diga ao general que venha, se não quiser perder sua frota.

Está bem, concordou ela, contrariada.

Fique na cidade e proteja-se. Não volte para cá! Irei ao teu encontro.

Ele a beijou; um beijo com gosto de sangue, pólvora e amor. Percebeu que ela estava febril, não por causa de algum ferimento, e sim de excitação pelo combate. Anita tomou o fuzil e correu agachada pela amurada, onde Gaetano Sacchi e Angelo Mancini, chamados por Aguiar, a esperavam. Giuseppe sentiu que aquela mulher realmente teria preferido morrer ao seu lado a recuar; deixou-o assombrado a maneira como lutara, sem se guardar, usando a coragem como escudo, surgindo na frente dos outros com aquela bravura indômita que impressionava e paralisava o inimigo, como se viesse à frente de um exército invisível.

Retornou ao seu posto, ao lado de Rossetti; tomando o fuzil das mãos de um marinheiro morto, atirou sobre a amurada e voltou ao chão, para recarregar a arma. Os barcos inimigos faziam a volta para fechar o cerco ao redor das naves revolucionárias; Giuseppe contou oito homens restantes no *Rio Pardo*, além dele mesmo e do coronel; no *Seival*, não haveria muitos mais.

Muito bem, quer discutir seu relacionamento agora?, perguntou Rossetti. Diante da inutilidade de qualquer sofrimento, ou do medo da morte, ele preferia mudar de assunto, como se aquele fosse o dia normal de um trabalhador qualquer. Giuseppe esboçou um sorriso; não sei, disse; acho que primeiro preciso pensar.

Um alerta de Aguiar os fez atravessar o convés até o lado que dava para o interior da laguna; alguns barcos imperiais completavam o círculo ao redor das embarcações republicanas. Tinham chegado ali quase ao mesmo tempo que o escaler levando Anita. Em meio ao inimigo, os remadores faziam grande esforço para passar rapidamente em direção à praia. Na proa, Anita comandava os italianos, em pé. Você a escolheu bem, disse Rossetti, essa mulher é completamente louca! Giuseppe foi obrigado a concordar. Os feitos espantosos de Anita ainda não tinham terminado; tantos anos depois, em Caprera, ele ainda podia ver ao longe a efígie de sua mulher, Anita ereta à frente dos remadores, Vitória da Samotrácia de carne pulsante na ponta do escaler.

Vão matá-los, murmurou Rossetti; Giuseppe se levantou, no ímpeto de atirar-se n'água, para ajudá-los como pudesse, num esforço desesperado; Rossetti e Aguiar, a um só tempo, o agarraram, dizendo: é inútil, vais morrer também. Ficaram os três a olhar a distância o bote; Anita continuava em pé, à espera, quem sabe de um milagre.

*

Tempos depois, ao capturar um marinheiro imperial que havia participado da batalha de Laguna, este contou a Giuseppe o que se passou no barco do almirante Frederico Mariath, quando sua frota, ao cercar o inimigo, mantinha o *Rio Pardo* e o *Seival* sob fogo cruzado. Era um homem experimentado na Marinha de Guerra brasileira, fiel ao imperador, mas que não deixava de admirar a coragem alheia; não muito diferente do próprio almirante, que viera ao Brasil com Dom João em 1808 e já vira muita coisa na vida. Lutara na Guerra da Cisplatina, ao lado dos mesmos farroupilhas que agora combatia, na anexação pelo Brasil do território gaúcho. Combatera os revoltosos da Cabanagem, em Belém do Pará, onde também rebentava o movimento republicano. Ao ver o bote que largara do *Rio Pardo* em direção à cidade, o almirante interpelou dois marinheiros postados na amurada, fazendo mira, sem atirar; estranhou vê-los daquela forma, paralisados. O escaler passava em meio às embarcações inimigas, quixotesco e insolente, com uma mulher postada na proa, como um escudo, flertando com a morte, ou sem se importar com ela. Por que não atiram?, perguntou ele, e os homens disseram: Como atirar, comandante? Essa mulher parece uma santa!

E dali não se moveram, até ela passar.

O fogo de artilharia diminuiu do lado republicano; para prolongar a luta, queimavam o que lhes restava de munição. Ao ver que o inimigo enfraquecia, os imperiais dispararam sem cessar; o mastro principal do *Seival* caiu entre os marinheiros, deixando dois deles sob os destroços;

os que ainda tinham condições correram para socorrer os feridos; a fuzilaria cortava o ar com seus estampidos.

Assim como no *Rio Pardo*, os homens do *Seival* viram Anita e os italianos passando entre o inimigo que fechava o caminho; Griggs bateu na testa, exclamando, *my God*, essa mulher é inacreditável; gritou aos seus homens, olhem só, seus covardes, o que é ter coragem! Eu já andei os sete mares, já vendi esta espada para gente de bravura, mas nunca tinha visto nada parecido em toda a minha vida!

Inebriado pelas próprias palavras, voltou à amurada para atirar. A fuzilaria redobrou; o feito de Anita os contagiara, criando ânimo onde já não havia; venham, miseráveis, bradou Griggs, estamos aqui para morrer! De longe, no *Rio Pardo*, Giuseppe o viu levantar-se, gritando. Súbito, um tiro certeiro pegou Griggs no pescoço; o comandante do *Seival* balançou, gorgolejando sangue, virou sobre a murada e caiu na água gelada.

O exemplo de Anita e a morte do comandante se juntaram para exaltar os ânimos; os marinheiros dispararam feroz carga de fuzil contra os barcos imperiais, agora todos alinhados em posição de tiro. A troca de fogo ensurdecia; uma coluna de fumaça se levantava em meio à laguna, visível a quilômetros de distância, como se abrigasse um vulcão em erupção. Ato heroico, mas imprevidente; Giuseppe e Rossetti, alarmados, gritavam inutilmente o comando de cessar-fogo; era preciso poupar munição. Quando a fuzilaria parou, recostaram-se contra a amurada, exaustos de tanto gritar.

No final, o desastre: havia poucos sobreviventes a bordo do *Rio Pardo*. Sobre os cotovelos, Aguiar arrastou-se no convés de morto em morto, à procura de munição. Sobrara muito pouca. Mesmo enfraquecidos daquela forma, os imperiais não os abordavam. Mariath preferia poupar seus homens. Arrastaram-se as horas; para os revolucionários cercados, com o tempo acabaria a comida, ou a água; só lhes restaria a morte, ou o que para Garibaldi equivalia a morrer, porém sem o mesmo valor: a rendição.

A situação tornou-se extrema; a tarde caiu e, com ela, a expectativa de ajuda; até que afinal, para surpresa de todos, surgiram braços sobre a amurada; Gaetano Sacchi foi o primeiro a subir. Uma centelha brilhou; esperança!, bradou Rossetti; porém, quem vinha atrás dele eram somente Mancini e, para choque de todos, Anita.

Contrariado, Giuseppe a interpelou; pedira que se protegesse, que ficasse em terra, e não que voltasse para lutar. Devia ter corrido novamente grande risco, ao cruzar outra vez o cerco dos imperiais. Estou aqui, não estou?, disse ela; sim, concordou ele, mas poderia não estar.

Rossetti estranhou a ausência dos reforços. Disse: Se vocês não se importam em interromper a briga de casal, temos coisas importantes a tratar: onde está a ajuda? Nós somos a ajuda, respondeu Anita; não há ninguém mais.

O desalento tomou conta de todos. Não que esperassem muito; nada, porém, era demais. Sacchi explicou: as tropas imperiais tinham feito um ataque simultâneo; o general Canabarro combatera nas ruas da cidade, mas, diante da força inimiga, muito superior, recuara com os sobreviventes. Não há mais combatentes republicanos, nem munição, disse Sacchi; a cidade foi novamente tomada pelos imperiais.

A trégua de Mariath impunha o silêncio; naquele instante, ele soou sepulcral. Giuseppe olhou o *Rio Pardo*: o sangue secava no chão. Mais além, morto seu capitão e todos os tripulantes, o *Seival* balançava como um barco-fantasma. Em pouco tempo, o inimigo vai nos abordar, Giuseppe disse; só não fez isso porque não sabe ainda quantos são os sobreviventes.

Só lhes restava uma saída; Giuseppe pediu a Aguiar que trouxesse os barris de óleo, guardados nos porões; fez sinal para que todos se preparassem. Escurecia; contava com o anoitecer para que pudessem escapar.

Quando os barris vieram, rolados pelo convés, tirou a rolha que fazia as vezes de tampa. Rossetti rasgou a própria camisa, embebedou uma tira com óleo e a prendeu na ponta de uma lança; fez mais dois chuços iguais e acendeu-os com o fogo usado no pavio dos canhões. Com a precisão de um lanceiro, atirou-os sobre o mar até o convés do *Seival*; um deles caiu sobre a vela do mastro principal e o fogo se alastrou rápido, até consumir também o madeirame. Giuseppe felicitou a única coisa que estava a favor deles: o vento. As volutas negras de fumaça do *Seival*, sopradas pela brisa, cobriam também o *Rio Pardo*. Puseram-se todos na amurada; envoltos pela nuvem, que mal lhes permitia enxergar, ficavam meio ocultos do tiro inimigo e podiam saltar. Giuseppe terminou de usar o óleo, espalhando-o no chão.

Desçam!, ordenou.

Anita entre eles, desceram pelas cordas até o escaler. Aguiar foi o último; ao ver o convés deserto, Giuseppe lançou sua tocha ao chão. O fogo correu pelo assoalho, num sopro diabólico; ele desceu pela corda amurada afora; a fumaça dos dois barcos se juntou, formando volutas que incendiavam a noite cadente. Lá embaixo, os outros o esperavam; explosões no convés do *Rio Pardo* lançavam sobre eles lascas de madeira e peças de metal; em meio à neblina negra, sob uma chuva de detritos, puseram-se a remar.

A melhor vitória é a que vem precedida por derrotas dramáticas; Giuseppe acreditou que ela ainda chegaria, apesar daquela catástrofe, e seria ainda mais saborosa com o tempero da vingança. Em Laguna, da forma como o imperador anunciara, as forças revolucionárias tinham sido esmagadas. Miraculosamente, porém, eles ainda estavam vivos; e, se estavam vivos, ainda podiam voltar, e vencer.

Com a noite, mais a fumaça criada pelo incêndio que tirava de Mariath mais duas embarcações para a frota revolucionária, conseguiram chegar incólumes à margem. Tão difícil quanto escapar ao cerco de Mariath foi fugir pela mata, evitando as estradas: Giuseppe, Anita, Rossetti, Mancini, Sacchi e Aguiar e oito marinheiros, alguns da Legião Italiana, outros negros libertos. Atravessaram a noite em silêncio, devagar, para não desperdiçar energia, mas sem descanso. De madrugada, entraram em uma fazenda, sem resistência do dono, homem entrado em anos, de tez curtida de sol, mãos calosas do trabalho no campo, e sábio conselheiro de si mesmo. Entre dar tudo a vocês ou aos imperiais, que seja a vocês, ele disse. Receberam comida e cavalos; metade da coluna seguiu caminho montada. Na madrugada do segundo dia de jornada, afinal, ao amanhecer Giuseppe lhes permitiu acampar.

Quando todos se acomodavam, recostados em árvores ou um pouco de palha, Anita repartiu pedaços de pão que o fazendeiro lhes dera; antes de comer, pediu que rezassem pela alma dos companheiros perdidos. Giuseppe e Rossetti se entreolharam, embaraçados; ninguém lamentava mais que eles as perdas de valentes revolucionários, sobretudo Griggs, o valoroso norte-americano que se tornara um amigo. Porém, não estavam acostumados à prece; sobretudo os legionários italianos, que se tinham moldado na luta contra o papa, tanto quanto contra o império austríaco, opressores do povo em seu país: todos relutaram. Não estamos acostumados a isso, disse Giuseppe. Sempre é hora de começar, respondeu Anita, e lançou sobre eles o raio de um olhar.

O tempo parou um instante; mesmo constrangido, e desacostumado a qualquer intimação, Giuseppe rompeu o impasse. Está bem, seja breve, disse. Que Deus Todo-Poderoso nos ilumine até a vitória e tenha em bom lugar os valentes companheiros que deixaram a vida em batalha, disse Anita. Em especial o comandante John Griggs, do qual jamais nos esqueceremos. Amém.

E os agnósticos revolucionários ecoaram cordeiramente, amém.

Giuseppe se manteve calado; lembrou-se da mãe, quando era criança; um dia, na missa, o vigário notara que, ao rezar o padre-nosso, no trecho em que se dizia "perdoai as nossas ofensas, assim como nós perdoamos a quem nos tem ofendido", ela ficava calada; quando o padre lhe perguntou o motivo, ela confessara que simplesmente não conseguia dizer aquilo. Como a mãe, Giuseppe não sabia perdoar; e mais, não sabia pedir nada a ninguém, muito menos àquele Deus cruel que renegara seus filhos, plantara a maldade no mundo, transfigurada nas grandes e pequenas injustiças cotidianas, no crime, na doença, na prepotência, na tirania. Para ele, nenhum Pai condena seus filhos à morte e recomenda a ignorância e a pobreza como caminhos da salvação. Sobre esse fundamento de falsas ideias, a Igreja construíra riquezas, seus monumentais templos e catedrais, símbolo exterior do seu mefistofélico poder secular. O papa que o condenara à morte era o representante da Inquisição, perseguidor de inocentes, imolador de mulheres. Sentava no trono da prepotência, sobre o qual se arrogava o direito de julgar os vivos e os mortos, como se sentasse em vida à direita de Deus.

Aquela mulher, porém, o desarmava; lembrava que a fé não estava na Igreja, e sim entre eles, na mata brasileira, ou em todos os lugares onde houvesse um homem e mulher de boa vontade e boa-fé; ainda havia a solidariedade humana, a amizade, a coragem; a crença real que produzia o amor ao próximo, princípio elementar que impedia o homem de voltar à vida selvagem. Anita não tinha receio de se curvar à esperança, à força maior da bondade; ao olhar seus soldados, tanto os italianos rebeldes quanto os negros, uns alforriados, outros que tinham se livrado dos ferros martelando-os depois de matar seus senhores, viu neles uma inédita paz; não deixavam de ser guerreiros sanguinários, mas por um instante se sentiram crianças, sem pensar nos males do mundo, tanto os que iriam sofrer quanto infligir.

Amém, disse ele, por fim.

Amém, completou Rossetti; e que o diabo leve esse desgraçado do Griggs por nos abandonar dessa maneira.

*

Durante dias, eles marcharam por picadas no meio da mata; vez ou outra, homens caíram com tiros traiçoeiros, saídos ninguém sabia de onde: talvez capangas de fazendeiros monarquistas, que simplesmente desejavam espantar para longe os revolucionários, como potenciais saqueadores. Ao mesmo tempo que perdiam companheiros, ganhavam outros; a coluna engrossava com revolucionários dispersos na batalha de Laguna, encontrados pelo caminho; com eles, chegaram a 150 homens.

A jornada se tornou penosa para Anita, que começava a ter enjoos da gravidez; montada num cavalo, embora preferisse muitas vezes seguir a pé, para ombrear com os homens, por vezes balançava, zonza, e precisava ser amparada para não cair. A perseguição invisível os fazia parar por pouco tempo e quase não os deixava dormir. A comida era escassa; não se podia nem pensar em entrar nas vilas ocupadas pelas tropas imperiais. Seguiam pelo caminho mais difícil, subindo a serra dos Parecis; descessem pelo litoral e seriam facilmente localizados.

Levaram três dias até alcançar o planalto, passando ao largo de Lages; depois, voltaram-se para o sul, em direção a Torres, base conservada pelos revolucionários, onde Giuseppe imaginava que

Canabarro reagruparia suas forças. Sabia que a coluna necessitava descansar, especialmente Anita, mas também tinha pressa em sair dali, buscar a proteção do grosso das forças revolucionárias, sem as quais eles estariam à mercê dos imperiais. Como está você?, vivia perguntando a Anita, alma pesada de culpa por submetê-la àquela provação; porém, a cada dia confirmava que, se havia uma mulher para aquela situação, era ela. Mesmo mareada, brincava: bebês não são doença, dizia; já tive oportunidade de fugir de você e não fugi; agora, só se você correr de mim.

Mesmo preocupado, Giuseppe não queria correr de ninguém; sempre desejara uma companheira, algo que julgara impossível, pela vida que levava, correndo permanente risco, acampando de lugar em lugar. Tivera muitos encontros amorosos nos lugares onde passava; pensara que seria assim para sempre. Nem procurava o impossível: uma mulher capaz de acompanhá-lo aonde fosse, como fosse e pelo motivo que fosse. Tinha um único medo: o de ser feliz por completo, porque um homem feliz tende a se tornar covarde, pela necessidade de defender a felicidade conquistada. Era isso o que acontecia com a maioria dos homens: depois de se tornarem pais de família, tinham de pensar primeiro na mulher, nos filhos, em todos aqueles que dele necessitavam. E já não prestavam para o combate, porque só é verdadeiramente destemido quem não tem muito a perder.

Aquela mulher, porém, não o fazia sentir-se dessa forma; pelo contrário. Sempre a primeira a levantar acampamento, a pegar o fuzil, a se lançar em armas, Anita era uma mulher capaz de aventurar-se, de lutar sem freios, de buscar a morte por amar a vida o mais completamente. Viver pela liberdade ao lado de Anita não era um conflito, um paradoxo, uma impossibilidade; ao contrário, em vez de trazê-lo para o mundo da família, do homem comum, ela o estimulava a ser ainda mais o que era. Com Anita, Giuseppe não precisava abandonar seus sonhos, porque eram os sonhos de ambos. Um dia, tudo poderia acabar com uma bala qualquer, mas toda vida acaba um dia, de uma forma ou de outra; seria melhor, nesse dia, que tivesse vivido plenamente.

Vamos fazer um pacto, ela lhe disse, certa noite, à luz da fogueira, onde as estrelas ficavam mais perto; nunca faça nada diferente por minha causa; faça sempre o que tem de fazer; estou aqui por vontade. Vamos dar uma chance para que isso seja perfeito enquanto durar.

Sujeitos a receber uma bala sem aviso, aquele pareceu a ambos um bom pacto; quando não temos certeza de viver nem no segundo seguinte, a vontade é viver tudo o que se tem agora, porque pode não haver o depois.

A retirada da coluna era penosa e estressante. Podiam encontrar o inimigo a qualquer momento. Não tinham provisões: dependiam do que encontravam pelo caminho. A viagem a Torres era longa; podia demorar até encontrarem gente do presidente Bento Gonçalves. Nas fazendas onde pernoitavam, escutaram rumores de que ele montava cerco a Porto Alegre: queria tomar a capital gaúcha. Saíam de uma zona de guerra para entrar em outra, e muitas vezes Giuseppe pensou em deixar Anita em alguma fazenda, para buscá-la mais tarde, por conta da gravidez. Ela, no entanto, continuava sustentando que sua vida era ao lado dele, não importavam as condições. Vou aonde tivermos que ir, dizia, com a firmeza de um general; pode escrever no nosso pacto que jamais ficarei para trás. E você tem de jurar que jamais me deixará para trás; pelo menos, viva.

Em Caprera, deitado na cama onde apaziguava suas dores, Giuseppe se lembrou de Anita nesse momento; com o coração transbordante, ouviu suas próprias palavras, olhando nos olhos dela: não, jamais te deixarei. Anita: bela, brava e firme como nunca vira ninguém. Estava certo de que ela falava a verdade; entre voltar à vila da Carniça e marchar ao seu lado para a morte, Anita preferia morrer. Nem mesmo o instinto materno, que faz a mulher buscar a calma, a proteção, não por ela, mas pelo rebento que está por vir, mudava as prioridades; se teriam um filho, seria para aquela família nômade, belicosa e inexplicável aos olhos de muita gente; para ela, no entanto, era a única forma de viver.

Dizia Anita que o filho que ela levava, a comovente criação da vida no meio da guerra, dava a ambos um motivo a mais para vencer. O mundo melhor que os dois enxergavam não estava longe: era o presente, vivido a cada momento, ainda que numa batalha em pleno curso; nunca valera tanto a pena combater.

Não tivesse visto Anita lutando em Laguna, Giuseppe talvez duvidasse dela; Rossetti, que antes também não acreditava, tornara-se um admirador sincero e devotado de sua mulher. O amigo dizia que Anita tomara o lugar do próprio Giuseppe; é o nosso novo *condottiere*, afirmou. Conquistara até Aguiar, que desconfiava de tudo e não gostava de ninguém. Admiravam-se todos de vê-la fresca e disposta, ao levantar pela manhã, recuperada de seus enjoos de grávida. Banhava-se nua, à frente dos soldados, como se fosse mais um deles, sem receio, vergonha, ou preconceito. Quando os ânimos arrefeciam, com o cansaço, as picadas das mutucas, o suor que colava as vestes ao corpo, ela cantava; a coluna a acompanhava na canção e as agruras se tornavam mais leves. Anita levantava o moral da tropa com sua presença leve e brejeira, mas não era só isso; todos sabiam que, se houvesse um inimigo pelo caminho, ela se transformaria em fera.

As escaramuças rarearam, à medida que deixavam o território sob a influência de Lages; mesmo assim, Rossetti, que em terra se tornava o primeiro em comando, tinha pressa. Não perdiam tempo montando acampamento. Giuseppe fazia uma pequena tenda para ele mesmo e Anita, usando a lança e a espada, que serviam de estacas, cobertas com seu poncho branco; deitavam-se ali para descansar e preservar um pouco de intimidade. Passava a mão pelo ventre de Anita, a cada dia maior; o filho se materializava, e a mulher se tornava mais bela, iluminada pela transformação interior; a consciência do milagre da vida, a felicidade no seu estado mais puro faziam com que atingisse um estágio superior da existência; seu semblante irradiava paz, amor e serenidade.

Perderam a conta dos dias; até que, certa tarde, da forma que Giuseppe temia, ao atravessarem uma campina, deram com um destacamento de cavalaria a esperá-los no alto de uma colina. O que podia ser um sinal de morte, no entanto, em seguida tornou-se apenas um susto; tratava-se de um pelotão com seiscentos lanceiros negros gaúchos, farroupilhas republicanos e revolucionários, homens de Bento Gonçalves. Montados, empunhando lanças enfeitadas de plumas, com bombachas e o tradicional lenço no pescoço, formavam a vanguarda de outro pelotão com mais de mil homens de infantaria: um grupamento feroz, bem disposto e pronto para a batalha. Estamos a salvo!, exclamou Giuseppe, aliviado. E, com Rossetti, partiu a galope.

Dirigiram-se ao comandante do pelotão, Joaquim Teixeira Nunes; *Buenas!*, ele cumprimentou, assim que os dois se apresentaram. Nunes explicou-lhes que marchavam para Laguna, por saber do avanço monarquista sobre a cidade; somos os reforços pedidos pelo general Canabarro. É tarde para salvar Laguna, disse Rossetti; Giuseppe confirmou que seria um erro prosseguir: o almirante Mariath tinha 2 mil homens e, com sua frota, podia bombardear a cidade a seu bel-prazer. Das forças em terra, sabiam ser numerosas e aparelhadas o bastante a ponto de ter expulsado Canabarro. Deste, não tinham notícia. O que você vê aqui aqui, até onde sabemos, é o que resta das defesas da cidade, disse Rossetti, apontando sua coluna brancaleone.

Ponderaram o que fazer; a conclusão foi que deviam voltar ao Rio Grande para reunir-se ao grosso das tropas; Laguna estava perdida, não podiam correr o risco de transformar um desastre consumado numa catástrofe ainda maior. No Rio Grande, os republicanos controlavam a maior parte da província, menos a capital, e esta se encontrava cercada pelas tropas de Bento Gonçalves, proclamado presidente da República. Com as forças unidas, tomaremos a cidade, disse Rossetti; daí em diante, a terra conquistada primeiro aos castelhanos e depois ao imperador será o ponto de partida para avançar novamente sobre o Brasil.

*

Engrossada pelos 150 combatentes sob o comando de Rossetti, a coluna de lanceiros gaúchos se pôs em marcha garbosa, na rota para Curitibanos. Na retaguarda, arrastava uma caravana de carroças com mantimentos e mulheres. A cada povoação, juntavam-se chinas que seguiam os soldados e alegravam o acampamento à noite, como se a guerra já estivesse ganha. Anita repousava nos braços de Garibaldi, agora em uma barraca de campanha, a barriga já vistosa. Incomodava--se com aquela festa; não achava certo as chinas se juntarem daquela forma ao pelotão. Se eu posso ter você comigo, será difícil explicar a eles por que não podem ter mulher, disse Giuseppe; mas é diferente, retrucou Anita; eu não sou china, sou tua mulher.

Ele acariciava a barriga redonda dela, seu rosto também se arredondando, na bonomia das grávidas; nem por isso diminuía o desejo de Giuseppe; ao contrário, a mulher com a criança no ventre o fascinava; seu corpo ficava mais belo, estendido, retesado, resoluto; a sensação de entrar na mulher, saber que agora eram três, multiplicava a proximidade; nunca estivera tão ligado a alguém. Aquela reunião de amor o fazia ávido, sôfrego, sequioso por mais; em vez de olhar a mãe, a companheira, a amiga, via cada vez mais a mulher, beleza de quem chega ao auge da vida, à completude. Anita-mãe era ainda mais atraente; sua expressão se tornara mais doce, ou menos feroz; ele a possuía cheio de desejo, olhando-a no rosto, a prová-la em todos os sentidos. Quando terminavam, Anita deitava de lado, para acomodar a barriga; falavam de si mesmos, como sempre, e do amor verdadeiro. Ele a enchia de beijos e cuidados e lembrava, cioso, sério, compenetrado: nosso próximo acampamento terá de incluir um bom médico.

Estavam próximos de Curitibanos; redobravam a guarda, uma vez que ali se podiam encontrar tanto tropas revolucionárias quanto soldados imperiais. Anita o lembrou de seu juramento, que ele fingia esquecer; batia nele, sacudia-o na esteira, a fazer que a memória funcionasse com um golpe; que fizesse o que tinha de fazer, sem pensar no estado dela; esqueça que estou grávida, disse; ao menos na hora da batalha.

No dia seguinte, a coluna revolucionária estacionou nas proximidades da cidade; uma campina seguia em declive para um vale largo e, do outro lado, onde ela se levantava novamente, avistaram uma cordilheira de cavaleiros que os aguardava. Com a luneta assestada no olho direito, do alto de seu cavalo, Giuseppe identificou os imperialistas; passou a luneta a Rossetti, e este, ao coronel Nunes. O último disse: é o coronel Melo de Albuquerque, sem dúvida.

Não se sabia com quantos homens contava o inimigo; não muitos, acreditava Nunes, mas não havia tempo para se descobrir quantos. O coronel lhes disse que ficassem na retaguarda: ainda estavam cansados e mal armados; podiam proteger as mulheres e as provisões, se necessário. O senhor vai avançar?, perguntou Rossetti, ao que Nunes respondeu: o senhor então ainda não conhece os gaúchos? Não vamos avançar. Nós vamos é passar por cima deles.

Giuseppe e Rossetti se entreolharam, por já terem visto aquele enredo, para eles sempre alarmante; os gaúchos arremetiam como os antigos bugres brasileiros, que não pensavam em estratégia nem avaliavam a força inimiga; tinham quase que prazer na morte em batalha, única fonte de valor da vida. Os gaúchos se batiam de peito aberto; do contrário, se julgariam covardes. Diferiam dos índios somente nas armas, por gostarem do combate à lança, montados, como os antigos cavaleiros feudais; não comiam carne humana, tal qual os tupis; conforme parecia aos italianos, com um pouco mais de raiva, até isso poderiam fazer. E ainda enfiariam nacos do inimigo vencido nos espetos com que grelhavam a carne no fogo de chão.

Nunes deu voz de comando; sua tropa se destacou da coluna oriunda de Laguna; a cavalaria se postou mais à frente. Os comandantes da Legião Italiana assistiram à manobra, estupefatos diante de tamanha ousadia, que beirava o contrassenso; o coronel tinha razão, atropelariam o inimigo, ou seriam atropelados. *Dio mio*, murmurou Rossetti.

Nesse instante, a voz de Anita se levantou; os comandantes estavam tão preocupados com o movimento da própria tropa que não olhavam mais para as linhas inimigas; estão recuando, avisou Anita. De fato: ao longe, em vez de se prepararem para o choque com os revolucionários, as tropas de Melo de Albuquerque pareciam debandar, até desaparecer por trás da colina; com Nunes à frente, os lanceiros negros avançaram ainda mais rápido, destacando-se mais e mais da infantaria.

Eles não fugiram, disse Giuseppe; é uma armadilha.

Viram surgir duas alas de cavalaria imperial da mata que circundava o vale; enquanto os lanceiros viravam a colina galopando, em perseguição aos imperiais que tinham recuado, um ataque de surpresa de ambos os lados surgia sobre a infantaria, na retaguarda. Eu sabia, exclamou Rossetti. Giuseppe deu ordem a Anita: que ficasse ali. Sem esperar pela resposta, manobrou o cavalo, levantando o braço, e passou diante de seus homens. Cavaleiros!, bradou, são muitos inimigos! Mas estamos acostumados a essas coisas. Precisamos salvar nossos republicanos! Mulheres ficam aqui! Voltando-se para o vale, decidido a salvar os aliados, ou juntar-se ao desastre, chamou Rossetti. Um tanto contrariado, por ser obrigado a mergulhar daquela forma em uma causa perdida, mas diante do inevitável, este conclamou seus homens: Não temos tempo a perder! Avançar!

A coluna de Laguna destacou-se das carroças com mantimentos e das chinas assustadas. Em número bem inferior ao dos atacantes que ameaçavam desbaratar toda a infantaria republicana, desceram a ravina rumo à batalha. Giuseppe já havia participado de batalhas francas antes, que terminaram em uma carnificina; na hora, não tinha tempo sequer de pensar. Quando se mergulhava daquela forma para a morte, não havia medo de morrer; estavam já todos mortos, e aqueles instantes de luta se tornavam uma sobrevida, em que havia um extremo prazer; o corpo, suspenso no ar, brandia a lança sozinho, sangue a fluir livremente nas veias, estado de êxtase às portas do céu. Quando tudo terminava, os sobreviventes mal podiam acreditar no que viam ao seu redor.

Desceram a toda brida para salvar a infantaria revolucionária, que, esquecida pela sua cavalaria no fundo do vale, esperava o choque da cavalaria imperial. Antevendo o impacto, os lanceiros se agacharam ao chão e cravaram as lanças no solo, fazendo uma cerca de pontas ao seu redor. Os cavaleiros imperiais projetaram seus animais sobre a cerca e a romperam com estrondo; muitos cavalos, indo de encontro ao espinheiro de lanças, rolaram pelo chão, feridos de morte, jogando longe seus cavaleiros. Estes, porém, se levantavam e passavam a lutar dentro da linha de defesa inimiga.

Nesse instante, chegaram Giuseppe e Rossetti com seus homens, segunda onda a penetrar nas barreiras já abertas pela cavalaria governista; lá dentro, seguiu-se uma encarniçada luta, em que os italianos não ficavam atrás dos gaúchos em fúria bestial. Giuseppe quebrou sua lança no peito de um soldado imperial, que duelou com ele em outro cavalo; ao seu redor, vários companheiros, já desmontados à força, lutavam no chão contra os homens do governo, munidos ainda da lança, ou já recorrendo ao sabre. Atrás de Giuseppe, leão negro a dar o bote à esquerda e à direita, de onde viesse o inimigo, Aguiar protegia as costas de seu comandante.

Também Rossetti lutou bravamente, mas logo viu que seus homens ficavam sem os cavalos; sob suas ordens, os revolucionários formaram um círculo imperfeito no centro do campo de batalha, empurrando os imperialistas para fora; Aguiar orientou-os a puxar cadáveres humanos sobre cavalos mortos, para que pudessem se entrincheirar. Quando viram os revolucionários em formação, protegidos em falange concêntrica, os imperialistas recuaram; voltaram pela ravina para se reagrupar.

Rossetti e Giuseppe tinham ganhado algum tempo; porém, sem munição, logo teriam só pedras para atirar; mesmo concentrados, pouco poderiam fazer contra o adversário, em número muito maior. As esperanças se esvaíram de vez quando, do alto da colina por onde virara o coronel Nunes, ressurgiram de volta somente os cavaleiros imperiais. Giuseppe teria morrido ali de bom grado, com seu último ato a lhe servir como um bom epitáfio, não visse também do outro lado, aquele de onde tinham vindo, descerem carroças a sacolejar, a toda velocidade possível, com armas e munição. Em uma parelha de cavalos à frente, uma mulher descia a toda brida; usava um animal para sela e outro, pouco à frente, de escudo.

Dio mio!, bradou Rossetti.

Antes que Anita alcançasse o reduto dos revolucionários, os cavaleiros imperiais cortaram sua passagem; um tiro derrubou o cavalo que lhe servia de escudo e uma barreira de lanceiros a fez refrear seu animal; também os homens que conduziam as carroças atrás foram obrigados a parar, sem ação, e jogaram as armas no capinzal. Quando o sargento que comandava os pelotões imperiais se dirigiu a eles, Anita tentou surpreendê-los; deu com os calcanhares em seu cavalo e se lançou adiante, tentando passar entre as fileiras inimigas. Descarregou a garrucha no primeiro que se aproximou; o cavaleiro tombou para trás. Tirou da bainha um sabre e o brandiu no ar; quando lograva furar o cerco, um estampido fez seu cavalo desabar; outro tiro lhe passou entre os cabelos, chamuscando a nuca. Caída com o animal, rosto desfigurado de susto e dor, ela ainda se levantou, mas estava cercada por cavaleiros inimigos: contra o céu escurecido, uma dezena de lanças apontavam para ela, vindas de todas as direções.

*

A noite caiu negra sobre o acampamento imperial; a chuva de vento sacudiu as tendas, e trovões trombetearam a chegada do temporal. Fim de batalha: feridos eram levados em macas para a enfermaria; na praça central do acampamento, um pelotão alinhou de joelhos uma dúzia de prisioneiros republicanos. Um relâmpago iluminou lugubremente o cenário; ao sinal do sargento, soldados puxaram seus facões e degolaram os prisioneiros indefesos; em seguida, com a mesma lâmina, arrancaram seu escalpo. Anita, em pé entre dois guardas, o rosto lanhado, a nuca queimada, desgrenhada e exausta, assistiu a tudo; transtornava-se com o espetáculo.

Atrás dela, uma voz: bárbaro, não? Ao olhar para trás, encontrou um oficial com dragonas, moldura do uniforme impecável; deixe que eu me apresente, disse ele: sou o coronel Melo de Albuquerque, comandante do batalhão imperial. E a senhora é... Anita, disse ela; Anita Garibaldi. O coronel tivera naquele dia muitas surpresas, para ele agradáveis; a maior, porém, era saber que aquela grávida era a mulher do famoso corsário italiano, aliado dos revoltosos. Pediu que ela o acompanhasse, cínica gentileza, uma vez que Anita era conduzida pelos guardas.

A tenda do coronel, maior e central no acampamento de Curitibanos, encontrava-se iluminada por lampiões de campanha; a balbúrdia do acampamento e os trovões tinham ficado mais longe. Havia uma longa mesa onde o coronel reunia sua intendência; Melo de Albuquerque, porém, preferiu sentar-se em uma cadeira de pernas dobráveis e ofereceu outra à prisioneira; Anita recusou a gentileza. O coronel pediu-lhe desculpas por não dispensar os guardas; ouvira do sargento a história de sua prisão e agora todos sabiam bem do que ela era capaz; estamos todos impressionados com a sua bravura, disse o militar, e completou, apontando para a barriga de Anita: ainda mais considerando o seu estado.

Estranhava ainda estar viva; perguntou se seria degolada, como os outros. O coronel primeiro dissertou sobre costumes de guerra; aquele era o uso dos soldados do sul, adquirido nas lutas contra os gaúchos do Prata, com quem aprenderam a agir daquela forma; os soldados sabiam que precisavam vencer de qualquer modo, pois era certo que entre o inimigo não haveria prisioneiros. O Rio Grande é um lugar ruim para se perder uma batalha, acrescentou Melo de Albuquerque; eu gostaria de mudar essa filosofia, humanitariamente, mas, se o fizesse, possivelmente meus próprios homens tirariam meus cabelos. Não obstante, prosseguiu ele, até a barbárie tem limites: não posso deixar que matem uma senhora tão valorosa.

Considerava dar-lhe a vida como um prêmio; além disso, não era todo dia que achavam a própria mulher de Garibaldi! Creio que o imperador gostará de saber das presas que fizemos aqui, afirmou o coronel; é pena que o seu esforço tenha sido em vão; todos os seus companheiros estão mortos.

Ela perguntou do marido; Melo de Albuquerque disse que não estava entre os prisioneiros; creio infelizmente que seu cadáver esteja estendido neste momento em algum lugar do campo de batalha, afirmou. Altiva, ela não baixou a cabeça; sem tirar o olhar do seu algoz, a quem não atacava somente para não morrer e perder a possibilidade de vingança, ainda que remota, muniu-se do mesmo cinismo com que ele a tratara. Afirmou que ainda havia um modo de ele se provar um cavalheiro; antes de enviar-me ao seu comandante, disse Anita, gostaria de procurar José entre os mortos. Pela primeira vez, dissera o nome do marido em português; sentia-o mais próximo. Sim, José: era como se o fim em terra brasileira lhe desse uma nova identidade; todos deviam ter dois nomes, pensou ela; um de nascimento, e outro na morte. Quero me despedir dele, explicou Anita, e ajudar a enterrá-lo.

O coronel manteve o semblante fechado; não assentava num oficial mostrar-se simpático ao inimigo; porém, o sabor da vitória o deixara magnânimo; não viu mal nem risco naquilo e concordou.

Mais tarde, Anita descreveu aqueles momentos ao marido, em detalhe; com lágrimas turvando os olhos, desfiou a dor da perda, do sonho cortado tão cedo, a tristeza cruel de jamais poder compartilhar o filho que ele lhe deixara. Durante a noite, pouco ou nada dormiu, recolhida em uma barraca de campanha com guardas postados na entrada. Pela fresta da entrada, via do lado de fora arrastarem corpos enegrecidos pelo sangue seco; o hálito da morte pairava ao redor, mas ali dentro, porém, estavam os piores demônios. Daquela noite, Anita jamais se esqueceria, marcada no coração a ferro quente.

Por fim, amanheceu; sob o céu cinzento, herança da noite anterior, o campo da batalha tinha se transformado em horror. Trovões ribombavam ao longe e relâmpagos lançavam sua luz metálica no horizonte. Seguida de perto por dois guardas imperiais, Anita vagou entre centenas de corpos de homens e animais amontoados no chão. Soldados ainda vasculhavam os mortos semeados na ravina, espetando-os com as lanças, para se certificarem de que não sobrara nenhum vivo, ainda que ferido. Avançou, virando rostos espectrais; suportou o impacto de cada morte, em busca de Giuseppe. Por fim avistou um homem com uniforme de oficial revolucionário, cabelos claros, rosto irreconhecível debaixo de uma pasta de sangue e terra; quando virou o corpo, soltou um grito agudo, de espanto e, ao mesmo tempo, alívio. O homem inerte era sim um desconhecido, oficial da destroçada falange do coronel Nunes.

Nesse instante, voltou a tempestade: um aguaceiro bíblico se juntou a uma escuridão repentina, turvando a visão. Machucada pela dor de tantos mortos, impulsionada pelo ódio e pelo desespero, Anita arrancou e correu em meio ao dilúvio. Ganhou distância sobre os guardas que a perseguiam, pisoteando a lama com suas botas leves, e mergulhou em um taquaral. Ouvindo às costas os gritos de "alto!", entrou no labirinto verde, com toda a velocidade que a barriga lhe permitia. Na fuga, sua roupa foi sendo rasgada em tiras pelas varinhas de taquara nova; as folhas dilaceravam pernas e braços, como lâminas vivas; na fuga desesperada, protegendo instintivamente o ventre com as mãos e os braços, cobriu-se de um véu de sangue, chuva e suor.

Acordou no meio da mata, com a luz da manhã. A roupa, rasgada, mostrava o corpo todo cortado. Respirou fundo: colocou a mão na barriga, sentiu vida dentro dela, analgésico de todos os seus machucados, e sorriu. Encontrou um regato para lavar as feridas; recolheu amoras selvagens, que comeu aos punhados; a fruta sumarenta e azeda escorreu vermelha entre os dentes e escapou pelo canto dos lábios; a energia voltava e ela começou a caminhar. O sol estava a pino quando encontrou uma chácara: a casa, pequena, de pau a pique, num terreiro onde ciscavam galinhas e patos, dava fundos para um rio largo; uma mulher solitária lavava a roupa num tanque próximo, com água trazida em canaletas de taquara. Assustou-se ao ver o estado de Anita, ainda mais ao notar que estava grávida. Levou-a para dentro de casa. Vem, minha filha, disse; vou cuidar de você.

A dona da casa deu-lhe café do bule mantido quente sobre a chapa do fogão à lenha; depois, com um pano, limpou as feridas de Anita. Esta explicou que vinha de Curitibanos; falou da batalha, dos mortos, sem receio de ser denunciada aos imperiais; contava já com a simpatia de sua benfeitora. Disse ainda que era a mulher de Garibaldi, chefe da Legião Italiana, para pedir o que sabia ser demais: comida e um cavalo, para alcançar o presidente Bento Gonçalves e relatar o que havia ocorrido. A mulher suspirou. Ah... Meu marido não vai gostar nada disso quando voltar. Não preciso de sela, disse Anita; depois mando de volta o animal.

Pouco tempo Anita ficou ali; o bastante para comer e montar. Aquela é a direção de Porto Alegre, lhe disse a camponesa, com o dedo caloso apontado para o outro lado do rio; pés descalços, para não encharcar o calçado, Anita avançou, decidida; a cavalo, cruzou o rio largo a vau e, quando saiu do outro lado, partiu a galope, sem olhar para trás.

*

No acampamento em Taquari, duas centenas de tendas com estandartes farroupilhas ao vento, cabeça de ponte das forças estacionadas nas proximidades de Porto Alegre, os soldados revolucionários se preparavam para o combate. Guerreiros reunidos nas fazendas, não tinham uniforme certo; pilchados à moda gaúcha, cada um diferente do outro, não pareciam formar um exército, exceto pelo lenço vermelho do republicanismo e da liberdade, que Giuseppe adotara para si e continuaria adotando em suas legiões pelo resto da vida. Dirigiu-se à tenda do alto comando, onde lhe disseram que encontraria o general Netto, homem forte dos republicanos, atrás na hierarquia apenas do presidente Bento Gonçalves.

Aos 32 anos, Netto tinha sangue índio pelo lado materno; vinha de João Ramalho, fundador da dinastia de mamelucos bandeirantes que estenderam sertão adentro dos limites do Brasil, e Bartira, filha do cacique guainá Tibiriçá. Pelo lado paterno, o sangue era espanhol, de Amador Bueno, o homem que não quis ser rei quando os paulistas pretenderam proclamar a independência de Portugal, no tempo da colônia. Giuseppe o admirava, mais do que a qualquer outro guerreiro no mundo: alto, elegante, de boas maneiras, honrado, brilhante cavaleiro e bem-sucedido general. Netto tornara-se herói dez anos antes, ainda jovem capitão de cavalaria da Guarda Nacional, em combate na Guerra da Cisplatina; depois de lutar pelo Rio Grande, tomando-o em nome do Império do Brasil, alinhara-se com os revolucionários contra o próprio Império, desde o primeiro momento, comandando a Brigada Liberal.

Quatro anos antes, em Seival, roupa bordada de pratarias e espada em riste, conquistara a maior vitória republicana com a ordem de não disparar um único tiro, avançando na frente da tropa reforçada pelos Lanceiros Negros. Preso Bento Gonçalves na ilha de Fanfa, em outubro de 1838, tornou-se o líder interino da revolução; um mês depois oficializou a república Rio-Grandense, nomeando presidente o homem que ainda se encontrava no cárcere; ao fugir da prisão na Bahia, Bento Gonçalves, ao retornar, o colocara naquela posição.

Netto era um grande homem, e um homem bom; Giuseppe lhe falara da mulher e do filho, que perdera em Curitibanos; aquela derrota fora o desastre de sua vida, do qual dificilmente saberia se levantar. Rossetti também lamentava; uma mulher e tanto, dizia; e pensar que a ensinei a ler e escrever! Em nome dos mortos é que queremos vencer, tanto quanto daqueles que ainda estão por nascer, respondeu Netto; as pessoas se vão, mas as causas continuam, e os mártires estão conosco na luta, são o nosso exército interior.

Aquelas palavras doeram em Giuseppe ainda mais; a um só tempo, sentia ter perdido tudo: passado, presente e futuro. Desejava mesmo não estar vivo; ao relembrar Anita capturada, na vertente da colina, perdera sua crença de que a alma é livre, porque a sua ficara enterrada naquele lugar. Seu primeiro instinto tinha sido correr na direção dela, atirando, para com ela morrer; Rossetti, no entanto, se jogara sobre ele, dizendo que seria loucura; encurralados no fundo do vale, não puderam ver o que se fizera com os prisioneiros das carroças, e também com a mulher; dado o destino sempre fatal dos prisioneiros de guerra, no entanto, tinham como certo seu fim. Depois de resistir ao cerco por longas horas, esgueiraram-se no capinzal entre os soldados inimigos; o cair da noite ajudara, mas Giuseppe não sabia bem para quê; somente o ânimo de voltar para vingar-se justificava sobreviver.

Fugindo, como tinham feito sempre nos últimos tempos, chegaram afinal ao Taquari, vale onde corria o rio do mesmo nome. Ali, segundo se acreditava, seria travada a batalha que decidiria a guerra no Rio Grande. Precisamos de cada um dos nossos homens, disse Netto, quando viu os recém-chegados, ainda em molambos, levados à sua barraca de campanha; sei que vocês estão cansados e abatidos com suas perdas, mas, se há uma hora para a vingança, é esta.

Nesse momento, gritos que começaram lá fora invadiram a barraca; Aguiar entrou esbaforido, como se tivesse visto um fantasma. Siô, me bate na cara que eu não acredito, nem vocês vão acreditar.

Saíram todos para fora; ali, trazido pela rédea por um soldado farroupilha, vinha um cavalo espumando da viagem, com Anita no lombo, coberta de pó. O ventre pronunciado aparecia sob as vestes rasgadas; acreditasse em santos, ou milagres, Giuseppe daria por aquilo como uma aparição divina. Pensara que tudo estava perdido, e mesmo os seus sonhos de aventura, sem ela, já não faziam sentido; somente Rossetti, com seu incentivo, o fizera sustentar-se; naquele instante, recuperava não só sua mulher, como a própria vida; feito os heróis mitológicos que logravam voltar do inferno de Hades ao mundo dos vivos, ressuscitava.

Com a ajuda de Rossetti, desceu da montaria uma Anita tão incrédula quanto ele; tomou-a nos braços, encheu-a de beijos e de perguntas; achei que tinha te perdido, disse Giuseppe; eu também, respondeu Anita, extenuada da viagem. E ele, exultante, disse a Netto, voz embargada: que venham os cavalos, general, estou pronto de novo para o combate.

A grande batalha se preparava: de um lado, 7 mil homens das forças imperiais, segundo davam conta os batedores revolucionários; de outro, 5 mil farroupilhas liderados por Netto. Giuseppe passou a noite com Anita, lavou suas feridas e a fez dormir. A paz no meio da guerra, a felicidade em meio à hecatombe, a vida diante da morte iminente; ter a mulher de novo junto ao corpo o anestesiava de todos os males.

No dia seguinte, mal desfrutaram as primeiras horas da manhã. Giuseppe tinha sido tomado pela certeza de que, agora, tudo era possível; empunhou sua lança, depois de beijar a mulher, e subiu no garanhão branco trazido por Aguiar. Confiante, deixou para trás o acampamento; saber que Anita estava viva lhe bastava para vencer todas as guerras.

Daquela vez, Anita não teve alternativa; ainda que quisesse seguir com os soldados, faltavam-lhe forças. Viu as tropas se moverem, blocos compactos, pés batendo no chão, lanças cortando o céu com suas flâmulas a saudar o vento; os cavalos escarvavam a turfa, excitados, na antecipação do combate. Com a saída dos farroupilhas, o acampamento ficou deserto; ouvia-se somente a ventania batendo na lona das barracas. Deitada em uma cama na tenda hospitalar, ao lado de outros três feridos, recebeu curativos por todo o corpo; não sei como você conseguiu chegar aqui, disse Laura, a enfermeira; Anita lhe pediu silêncio, dedo na boca; *Shhhh. Psiu!*, escuta, disse; não ouço nada, respondeu a outra; justamente, prosseguiu Anita, há muito tempo não faz tanto silêncio no mundo.

O olho do furacão: não muito longe dali, a batalha estava por começar. Como queria estar lá!, disse Anita. Você tem um parafuso a menos, afirmou a enfermeira; dê graças a Deus por não ter perdido o bebê; foi por pouco. Nem se mexa!

Anita prometeu aquietar-se; o silêncio, porém, a enervava; os poucos que ali restavam aguardavam as notícias, ansiosos. Laura acariciou os cabelos dela, ternamente; tente não pensar, disse.

Chegara a hora de o destino fazer seu trabalho; havia os anjos, e Anita contava com eles; não há pensamento mais confortador, e por isso eram os anjos que guardavam as crianças, nosso bem mais precioso. Sentiu o bebê dentro dela, vida que vinha de dentro; quase podia vê-lo, conversava com ele, já seu amigo, nas horas solitárias;

ele já a conhecia, e tinha as feições do pai; seria menino, estava certa, futuro companheiro de viagens; um menino, claro, destemido como José.

*

Todo o tempo, Giuseppe pensou em Anita; dela foram os momentos da espera, na paciente preparação; por ela foram os golpes, a energia incansável, os gritos de encorajamento, para si mesmo e seus homens, quando a luta chegou. No final, o silêncio: apenas o vento zunia sobre a ravina, correndo a pradaria e as colinas verdes, cobertas por mortos. No rio, a caudalosa via de água terrosa em meio ao violento espetáculo, cadáveres de cavalos e cavaleiros encalhavam nas margens ou boiavam à deriva. Urubus descreviam círculos perfeitos no céu cristalino: eram os únicos vencedores da batalha.

Ele estava vivo, como mais alguns, e mais uma vez não sabia como: sempre adiante de seus homens, viu afinal as forças se exaurirem de ambos os lados. Daquela vez Netto não pudera se dar ao luxo do enfrentamento direto, franco, e tão ao seu gosto, ao estilo dos cavaleiros gaúchos, avançando com a lança como na liça medieval. Mesmo com a artilharia, porém, o exército revolucionário não lograra vantagem sobre o oponente, que compensara a bravura e a destreza inimiga com fileiras mais numerosas e fibra igual. Munição esgotada, braços inermes de tanto lutar corpo a corpo, metro a metro, ao comando de Netto a luta cessou; sem palavras, os oponentes se misturaram para recolher seus feridos em tácito acordo.

O retorno ao acampamento: não havia homens marchando, ou comemorando, ou cantando seus feitos; apenas fantasmas puxando os feridos em carretas abarrotadas, atrelando em si os arreios, no lugar dos cavalos. A tenda do hospital foi pequena para todos os que chegavam. Na entrada, Anita, Laura e mais dois enfermeiros recebiam os combatentes; depois que as macas foram todas ocupadas, enfileiravam-nos estendidos no chão. O médico, que retornou do combate com os sobreviventes, não estava em melhores condições; roupas rasgadas, uma ferida pensada com uma bandagem na testa, entrou pedindo água quente e material cirúrgico para atender a si mesmo primeiro, e assim poder ajudar os demais.

Giuseppe rompeu na enfermaria, em busca de Anita; revê-la foi o triunfo do dia. Ela se multiplicou em perguntas: como estão todos? O que aconteceu? Ganharam... Ele a beijou, sôfrego e terno; sorveu seu hálito como remédio. Ficou alguns instantes com a cabeça pousada no colo da mulher; ganhou fôlego e energia para erguer-se. Tinham-se perdidos muitos homens, de ambos os lados; como ao final cada qual recuara, sem que houvesse uma conclusão, nada estava decidido. A guerra decerto continuava, depois que pudessem se reaparelhar. Anita, escuta, disse ele; não podemos ficar aqui, contigo nesse estado. O coronel Netto me encarregou de uma nova missão. Vamos a Mostardas, na Lagoa dos Patos. Lá, o bebê poderá nascer em paz. Na Lagoa, reconstruirei a frota que perdemos em Laguna; começaremos tudo outra vez, para depois retornar.

Ali perto, enquanto pensava um braço em carne viva, Laura escutara o suficiente para objetar. Ela ainda não está em condições de viajar, disse a enfermeira; será que o senhor não tem medida de tudo o que ela passou? Nenhuma grávida suportaria uma nova viagem!

Ele, porém, riu — naquele dia, pela primeira vez. Vejo, afirmou, que a senhora ainda não conhece a minha mulher.

*

As águas da Lagoa dos Patos terminavam suavemente em uma praia arenosa. A curta distância, um galpão servia de abrigo ao esqueleto de uma escuna, que tomava forma. Cinco marceneiros trabalhavam, adicionando tábuas à carcaça. Enganchado no que seria a futura proa, Giuseppe examinou o serviço. A cinquenta metros de distância, de dentro da casa, veio o grito. Assomando à varanda do bangalô de tábuas que eles ocupavam agora, Aguiar avisava: Siôooo! Vem ver! É meniiino!

Os marceneiros interromperam o trabalho; riram, e voltaram ao trabalho. Giuseppe deslizou para o chão e correu. Setembro de 1840, como esquecer? No caminho, a parteira lhe deu passagem: o bebê já nos braços da mãe. Anita estava extenuada pelo esforço, mas no rosto redondo exalava seu estado de espírito, de amor transcendental. Antes de se debruçar sobre o filho, Giuseppe parou diante da cena: retrato a óleo, pintado na memória, que não veria de novo, pelo menos não daquela forma, e não esqueceria jamais.

Aproximou-se, cauteloso, como a pisar em território sagrado: o espaço mágico da mãe ao realizar seu milagre. Ao ver o filho de perto, o susto: a criança tinha um afundamento na face direita, da têmpora ao malar. O que é isso?, perguntou ele, alarmado. Ele está muito bem, afirmou Anita; a parteira concorda: ele tem essa marca no rosto, mas está em perfeita saúde. Será que isso vem de algum golpe que você recebeu?, ele perguntou. Não se culpe, disse Anita; nosso filho tem uma marca, todos nós temos marcas; o importante é que ele é nosso e já leva um pouco da nossa história. Será revolucionário, como o pai.

Giuseppe exultou. Nosso Menotti, disse; há muito estava resolvido, se o bebê fosse homem, a prestar homenagem a Ciro Menotti, representante de sonhos e ideais, patrono da luta pela independência da Itália e sua unificação. Curvou-se sobre Anita e a beijou ternamente.

Recebeu dela a criança; as mãos calejadas de guerra se mostraram inábeis, quase incapazes, de segurá-la; com medo de sufocar o filho, devolveu-o depressa, da mesma forma que se joga um peixe de volta ao mar.

Agora que você tem um filho para cuidar, vai fugir de nós?, perguntou Anita. Ele respondeu, por tudo o que você fez até aqui, se eu fugisse, seria realmente o maior dos covardes.

Giuseppe saiu; parou diante da lagoa, na sua abençoada tranquilidade; ali estava o barco que poderia levá-lo novamente aonde quisesse, para a guerra ou para a paz; teria uma embarcação ágil, bela e veloz. Porém, já não pensava somente na sua liberdade. O nascimento de um filho muda o homem: o mundo ganha outra cor, outro sentido, outra perspectiva. Ainda prevalecia seu espírito livre, mas ele tinha outros motivos de buscar seus sonhos; havia agora não só ele e Anita, como a continuidade, o verdadeiro futuro. Abraçou Aguiar, como nunca havia feito; o negro fez uma careta, estranhando o comandante; depois, riram a valer, e Giuseppe, tomado pela euforia, gritou, a plenos pulmões: Menotti Garibaldi! Este mundo é seu!

De repente, Giuseppe perdeu a antiga urgência de mudança, arrefeceu o velho impulso de seguir sempre adiante. Pela primeira vez na vida, tirava prazer das horas mais longas, que antes o faziam sentir-se perdendo um tempo precioso; recuperou o gosto pela contemplação. Admirava-se com o trabalho da natureza: a chuva criadeira, as plantas brotando, a madeira estalando na lareira durante as noites frias. Na Lagoa dos Patos, ganhou uma segunda vida, da qual aproveitava cada segundo, e de cada segundo tirava tudo o que pudesse tirar.

Depois do resguardo, quando Anita pôde se levantar, eles caminhavam à beira da lagoa, arrastando a água pelas canelas, esquecidos de todas as guerras; Menotti os acompanhava, nos braços da mãe, dentro de um saco de algodão; ouviam o canto dos pássaros, riso solto, espírito leve. Aguiar era o único que se emburrava; ali, distante das guerras, sentia-se inútil, esquecido, sem ter o que fazer; quando surgia alguma tarefa, era o primeiro a se alistar. Trabalhava com os marceneiros, catava lenha na mata para a lareira, cozinhava; assava codornas e leitões à moda gaúcha, no fogo de chão.

Tinha sido Giuseppe quem uma vez lhe dissera: há três tipos de homem no mundo, o sacerdote, o homem de família e o guerreiro. E completou: não sou sacerdote nem homem de família, então só posso ser guerreiro. Sabia que uma coisa atrapalhava a outra: a responsabilidade do homem de família tirava do sacerdote o desprendimento e do guerreiro a determinação de quem nada tem a perder. Aguiar acreditava que o comandante não podia nem conseguiria mudar; Giuseppe, porém, não via naquilo contradição; desafiava suas próprias crenças, como desafiara tudo. Aquela mulher, que o encantava pela docilidade, tanto quanto pela bravura, valia a pena: se dedicaria a ela e ao pequeno Menotti como jamais se dedicara a nada e a ninguém.

*

No final do ano, Giuseppe foi a Setembrina, cidade mais próxima, comprar ferragens; levou consigo Aguiar. Queria também notícias; Rossetti devia estar voltando de um encontro com Netto. Anita quis ir junto, mas cedeu aos apelos do marido; sei que você não esquenta lugar, disse ele, mas o bebê ainda é pequeno; aguarde aqui, vocês irão da próxima vez. Deixou com ela alguns homens de guarda e a recomendação de não ir muito longe; sabia que a quietude daqueles tempos de repente podia acabar, e ela concordou em esperar.

Ela se desacostumara com a vida sem Giuseppe; estar sem ele era como faltar-lhe um pedaço; acordava ao seu lado sempre com um sorriso no rosto, feliz de estar viva; nascia de novo a cada despertar. Mesmo quando ele se encontrava no lago, a trabalhar no barco, sua presença pairava dentro de casa, mistura de lar com quartel-general: cadeiras e mesas de madeira maciça, pelegos em lugar de tapetes, paredes cobertas de lanças, escudos e espadas que não eram decoração, e sim um verdadeiro arsenal.

Ficaram ali Anita, os guardas e a ama de leite, a cuidar do pequeno Menotti. Na segunda noite, depois da partida dos homens, quando a criança dormia em seu berço de madeira, a mais calma das horas, ouviram-se lá fora os passos dos dois farrapos designados para o plantão. O vento bateu as janelas, escapadas da tramela, e a ama levantou-se para fechá-las melhor. Anita tirou os olhos da costura, executada no colo coberto com o xale, à luz de um lampião; não gosto do vento, disse; quando ele vem, traz sempre a alma de alguém. É só o mau tempo, sinhazinha, disse a ama, negra que já cuidara de tanta gente, na casa de seu antigo senhor; irradiava felicidade por não só estar livre, como para poder servir livremente aqueles que lutavam pela liberdade.

Anita se impacientava; não gostava de esperar por Giuseppe, e disse: quando a gente espera, parece que deixa espaço para o destino fazer com a gente o que bem entender.

A ama foi fazer outra objeção qualquer, a desdizer a patroa, garantindo que se preocupava demais; nesse instante, porém, ouviram um barulho maior. Isso não é o vento, disse Anita; apuraram o ouvido e, ao longe, escutaram um tropel. O som foi aumentando; um dos guardas bateu à porta. Dona Anita, ele disse, vem chegando aí um grupo grande de gente, não se pode dizer quem é. Vá ver, não há de ser nada, respondeu ela; não obstante, espiou o lado de fora pela fresta da janela. Viu o pelotão surgir do meio da noite, mal iluminado pela lua crescente, patas velozes de cavalo espirrando longe as poças d'água da lagoa, deixadas pela vazante. Correu para o berço, enrolou Menotti num xale e o amarrou ao peito, como faziam as índias; vem comigo, Francesca, disse à ama, mas esta refugou; Ai, sinhazinha, não posso, ir para onde? Vou ser só atraso! Vem comigo!, insistiu Anita. Vai embora, sinhá!, respondeu a outra, firme; enquanto é tempo.

Com o bebê preso ao peito, Anita saiu pela porta dos fundos e correu até um cercado, onde se agitavam três cavalos; abriu a porteira, rápida, mas silenciosamente; saltou para o dorso de um deles, depois de passar-lhe o freio na boca; partiu devagar, tentando não ser vista, enquanto ouvia gritos do outro lado da casa, disparos e passos ressoando pela sala. Cavaleiros imperiais saíram do bangalô e a viram marchando para a escuridão; deram-lhe grito de alto. Nesse instante, ela disparou com o animal; com uma mão, segurava a rédea; com a outra, apertava o filho firme contra o peito; meteu-se no bosque próximo, que conhecia tão bem; ali seria mais fácil despistar seus perseguidores, que seguiam logo atrás.

A noite se iluminou com disparos de fuzil; Anita ouviu balas zunirem, cortarem galhos, cravarem-se em troncos esparsos; agachou-se no lombo do animal e seguiu seu instinto; no colo, o menino começou a chorar. Diminuiu a velocidade, abrindo caminho no meio da galharia; protegia o bebê entre o corpo e o cavalo. Quando já não sabia mais aonde ir, deixou que o animal a levasse, enquanto os estampidos se tornavam distantes. Por fim, diminuiu o ritmo e desceu do animal; com um galho apanhado no chão, bateu nele e o fez disparar. Mergulhou na mata fechada, avançando o mais rápido possível, sem quebrar galhos que deixassem seu rastro; para encontrar seu caminho, os imperiais teriam de esperar a manhã.

Ofegante, andou toda a noite, até não ter mais forças de prosseguir; caminhou certo tempo com os pés em um regato, pisando em pedras, para não deixar traço; jogou-se então atrás de uma touceira, amontoando folhas secas sobre o corpo, até ficar coberta. Menotti ainda chorava; desembrulhou o xale, abriu o vestido e lhe deu o peito; tinha pouco leite, mas serviu para silenciar o bebê. Ouviu cavalos passando ao longe, vozes e gritos irados; fechou os olhos e entregou-se à própria sorte; era o que lhe restava fazer.

*

De sabre em punho, Giuseppe abriu caminho no cipoal; a poucos metros, Aguiar fazia o mesmo, e ambos chamavam Anita; pelo dia inteiro a procuraram na mata. Sabia que a mulher conseguira escapar, ela não se entregava fácil, não podia perder a esperança. Já olhamos em todo canto, disse Aguiar; nesse instante, Giuseppe parou e se pôs a escutar; ouviu algo, siô? perguntou o outro, e ele respondeu, sim, ouvi.

Afundaram ainda mais na mata fechada, arrastando folhas, galhos, cipós; Aguiar avistou Anita entre as folhagens. Ali!, exclamou. Estava desgrenhada e suja, meio desfalecida, mas viva; o bebê em seus braços, esperto, ao ver os dois homens, soltou um gorgolejo e sorriu.

Tinham encontrado a casa revirada, os soldados empalados e a ama na varanda, atravessada por uma lança; Giuseppe não sabia se os imperiais o tinham como alvo ou se atacaram ao acaso, pelas maldades de guerra, que transformam o homem em lobo, exércitos em matilhas e quartéis no seu covil. O barco que construía, no estaleiro improvisado à beira da lagoa, se transformou num esqueleto de carvão; quando foram embora, os lanceiros haviam deixado a terra arrasada, para não restar dúvida de que recuperavam terreno e quem se encontrasse ali estava à sua mercê.

Mal deram a Anita tempo de se recuperar, com um pouco de pão, vinho e cobertores; assim que ela ganhou forças, buscaram os cavalos e partiram.

Entraram em Setembrina à noite como vultos, cobertos até a cabeça; fazia frio, ventava e a entrada da cidade estava fechada por uma barricada. Cadáveres de combatentes imperiais e farroupilhas espalhavam-se insepultos pela rua, resultado de uma batalha recente; sobre carroças viradas de ponta-cabeça e pilhas de feno, revolucionários lhes deram voz de parar.

Giuseppe Garibaldi, apresentou-se o comandante revolucionário, descobrindo a cabeça, assim como Anita e Aguiar; ela mantinha o bebê sob o capote, abrigado do vento; os soldados os reconheceram, e um deles fez sinal de passar.

Encontraram Rossetti sentado à mesa de um bar, com Sacchi, Anzani, Mancini e outros oficiais da Legião Italiana; estendido à sua frente, um mapa da região estava manchado de vinho gaúcho. Ao ver Giuseppe, Anita e Aguiar, os italianos abriram os braços num gesto largo. Já estava com saudades!, exclamou Rossetti, muito pálido e com as bochechas rosadas de vinho. Eu mais que ninguém, Anita respondeu.

Desde que Giuseppe deixara Setembrina, a guerra se acelerava vertiginosamente. Ele perguntou onde estavam todos. Bem, disse Rossetti, se você está se referindo aos farroupilhas gaúchos e ao povo de Setembrina, escafederam-se todos, no que mostraram muito juízo.

Restavam sessenta homens entrincheirados na rua e a disposição de Rossetti de ficar por ali. Defenderei este município a qualquer custo!, bradou o italiano.

Giuseppe balançou a cabeça. Vamos, disse, temos de sair daqui.

Sacchi afirmou que já tinham discutido aquilo o bastante. Taquari selara o destino da revolução. Sem forças para invadir Porto Alegre, o presidente Bento Gonçalves decidira levantar o cerco à capital. As tropas imperiais estavam por toda parte e logo retornariam a Setembrina para a ocupação. Não havia o que fazer, estavam derrotados. Veja você, *amico caro*, como é suja a política, disse Rossetti; o presidente Bento negocia para salvar o seu pescoço, e nós, que nem deste país somos, estamos ainda de arma na mão. Pois tenho uma novidade para vocês. Não vou sair daqui. Esta terra agora é mais minha que de Bento Gonçalves.

Murmúrios encheram o salão. Sacchi disse que, se Rossetti ficasse, os outros ficariam também. Giuseppe pensava diferente; propôs que fossem todos para as Missões; depois, cruzariam a fronteira. Voltariam, sim, mas quando houvesse condições. Estamos abandonados, afirmou; ficar aqui é nos entregar para a morte. Coronel Rossetti, siô está certo, reforçou Aguiar; ficar aqui de nada adianta.

Rossetti se levantou com certa dificuldade. Aproximou seu rosto de Giuseppe e colocou ambas as mãos em seus ombros, olhos nos olhos; você tem sua mulher e seu filho para salvar, disse; eu só me casei com a república. Assim sendo, ficarei aqui para garantir a sua retirada. Espero que o futuro lhe reserve aquilo que você merece. Giuseppe, meu *condottiere!* Que o futuro os abençoe.

Voltou-se para os demais homens; alteando a voz, pediu-lhes que seguissem Giuseppe, e apelou para este: leve os meus homens. Ficarei sozinho. Quanto menos gente, melhor. Haverá mais vinho. Nunca encontrei na vida um quartel-general melhor. Retardarei esses bastardos imperialistas ao máximo, vocês ganharão algum tempo. Saiam, antes do nascer do sol.

Os italianos estavam consternados; seu comandante estava bêbado ou louco de querer ficar ali, ou de pensar que podiam abandoná-lo. Giuseppe o segurou pelo braço, apertando-o, para despertá-lo. Rossetti crispou as mãos, o rosto contorceu-se de dor. Então, entendeu. Não estou louco, *amico mio*; apenas muito ferido para seguir, disse Rossetti. Lentamente, abriu o casaco militar e mostrou a camisa com uma mancha de sangue, maior que uma mão espalmada; tinha uma bandagem ao redor do tronco, insuficiente para estancar o ferimento de bala.

Giuseppe levou um choque; apesar de todo o perigo que corriam, sempre agia como se eles fossem invulneráveis. Compreendeu que Rossetti falava sério; não poderia seguir com eles na fuga, mas poderia ajudá-los a bater em retirada com o seu sacrifício. Sacchi e Anzani estavam em silêncio; Anita tinha as mãos à boca, com o espanto.

Meus amigos, disse Rossetti, vocês já estão conversando com um morto. Não percam seu tempo. Façam algumas provisões. E, para Giuseppe, disse: se voltares à Itália, *amico mio*, saúde-a por mim.

Aproximou-se de Anita; olhos rasos d'água, ela colocou a mão em seu rosto, um carinho de despedida. Vão agora, preparem-se, disse o coronel, depois de um instante; vão logo! Antes que eu fique sentimental.

Puseram-se a fazer os preparativos; carregaram provisões nos alforjes, encilharam os cavalos; antes de partir, a pedido de Rossetti, empilharam os mortos na entrada sul da cidade, sobre a barricada; Rossetti ajeitou os cadáveres em posição de tiro, chapéu à cabeça, como se estivessem vivos. Enganaria os imperiais, pelo menos por algum tempo; será meu último pelotão, ele disse, e riu, antevendo a cena.

A noite se desfazia sobre Setembrina quando a coluna partiu. Giuseppe, Anita, Aguiar e sessenta italianos revolucionários deixaram a cidade vagarosamente, contra a vontade, em demorada e pesarosa despedida. Volta e meia Giuseppe olhava para o lado. Pela primeira vez viu Anita chorar; chorava em silêncio, trazendo mais perto o rosto de Menotti, aninhado na curva de seu braço direito; o cheiro da criança, sua respiração, seu corpo quente eram um alento.

Giuseppe conhecia Rossetti, eram irmãos; não de sangue, um simples acaso familiar, e sim por algo mais forte: a irmandade em armas. Protegeram um a vida do outro contra o inimigo, em defesa das mesmas ideias. Expurgados, tinham mudado de país, mas nunca de pátria; mudavam o tempo todo, mas os moviam os mesmos motivos. Admirava-o, não apenas como soldado, oficial, patriota. Rossetti tinha algo que ele nunca tivera: a leveza da alma. Indignava-se tanto quanto Giuseppe com as injustiças do mundo, mas encarava as situações mais adversas com picardia. Podia vê-lo em traje de gala completo, como se deve ir ao encontro da morte, dizendo ao seu pelotão de mortos: meus amigos, vocês terão de voltar à ativa por algum tempo; agradeço a solidariedade.

A sequência se desenhou diante dos seus olhos, como se pudesse testemunhar tudo: as tropas de Moringue estacando diante da entrada da cidade, milhares de lanceiros de infantaria, com a cavalaria à frente; o general, com as dragonas a emoldurar-lhe o busto, levantado sobre o cavalo, apoiado nos estribos, diante da falsa linha de defensores sobre a barricada — do ponto de vista inimigo, homens preparados para atirar. Rossetti, no seu posto, bradando: aqui é o coronel Rossetti, das forças armadas da República! Ordeno que deponham as armas!

Giuseppe não deixou de sorrir; via Moringue confabulando com o primeiro oficial, estabelecendo o plano de atacar pelas laterais, dando ordens de disparar; Rossetti rindo, ao retrucar com suas últimas balas; rosto branco de cera, em agonia a cada movimento, mas divertido com sua última piada. Dois tiros de canhão explodindo uma carroça ao lado dele, espalhando destroços; os soldados imperiais, sem encontrar resistência, entrando nas ruas vicinais, se aproximando rapidamente. Giuseppe podia até mesmo escutar as palavras de Rossetti nessa última hora: meus amigos, é hora de o comandante juntar-se à sua legião; foi uma honra combater ao seu lado, lançando-se adiante, peito aberto aos tiros adversários, cantando o hino da Itália.

Giuseppe avançou à frente da coluna, o frio e a chuva gelada tomando a ravina ondulante dos pampas; eles passaram por peças de artilharia deixadas pelo general Labatut, restos de batalhas anteriores, que não podiam levar. Anita, a essa altura, já viajava de luto; olhava para o futuro, mortificada pelo que tinham deixado atrás. Assim passou o tempo, a imagem de Rossetti em cada lugar, até que enfim avistaram o rio Jaguarão, fronteira com o Uruguai. Giuseppe foi o último a atravessar a ponte de madeira; com a palma da mão, soprou um beijo para o país que deixava atrás; era digno de se morrer por ele, como havia morrido Rossetti, e tantos outros, tão bravos quanto ele. Voltou o cavalo novamente para diante, afastando do rosto a contrição, e pensou: que venha o futuro, seja qual for.

II. Dois mundos

Antes reduto inimigo para brasileiros, durante a Guerra da Cisplatina, Montevidéu para Giuseppe era o retrato da paz; homens e mulheres elegantes passeavam nas ruas e praças arborizadas, construídas com a arquitetura espanhola; charretes amassavam o cascalho sob as rodas de madeira: 1841. Distante da figura do antigo guerrilheiro, de paletó e gravata, cabelo aparado, assim como a barba, ele caminhava com livros embaixo do braço.

Entrou na rua Veinticinco de Mayo, centro do comércio da cidade, com elegantes lojas de roupas e cafés; ali ficava a pensão de dona Felicia Villegas, de quem teria no futuro boa memória. Em Caprera, ainda aspirava o perfume espalhado pelo casarão comprido; no segundo andar, um longo corredor dava para os quartos, dos quais ele alugara dois. Naquele dia, encontrou Anita sentada em uma *bergère*, ao lado do berço, com Menotti em sono profundo; estava feliz, conforme explicava à senhoria; os republicanos de Montevidéu lhes tinham dado grande apoio e era muito grata a todos. Depois de tudo o que tinham passado, o emprego de Giuseppe como professor de italiano era como férias. Com uma criança pequena para cuidar, nunca temos férias, disse dona Felicia, alegre, servindo o chá.

Giuseppe lembrou-se das conversas com Aguiar: o guerreiro podia sair do homem de família, assim como o homem de família do guerreiro? Pois homem de família, ali estava ele: um emprego, roupas novas, o coração quieto. Tirava prazer dessa fase, embora não soubesse o quanto podia durar. Para ele, era como se o vulcão interior sossegasse, embora lá dentro o magma regurgitasse até o dia de ser despertado. Aprendia com Anita a controlar seus impulsos, a usar as mãos para escrever na lousa, em vez de enfiá-las na copa da espada; e havia prazer no trabalho, nos almoços de domingo, na convivência com os amigos; desfrutar da paz familiar e do amor de Anita compensava tudo.

Juntos, eles curavam a ferida: a morte de Rossetti. Para Garibaldi, o Brasil começara como exílio, luta pela liberdade, e acabara muito mais: conhecera homens extraordinários, companheiros de lutas, e mais, conhecera a verdadeira coragem. Encontrara outra pátria, sua gente alegre e ao mesmo tempo brava, seu calor, suas terras e seu mar, verdejantes e intermináveis; por fim, o Brasil lhe dera o amor, glória de encantamento. E tudo terminara num segundo exílio; tanta luta para resultar em nada.

Naquele tempo, pensava que deixava de ser guerreiro por conta do seu grande fracasso; envergonhava-se de estar vivo, enquanto homens como Rossetti tinham morrido como heróis, deixando-lhe a vida para que vivesse como um poltrão. Outras vezes, achava que tivera sorte em sobreviver, e graças a Rossetti e sua legião de fantasmas ganhara uma oportunidade miraculosa de recomeçar como um cidadão qualquer, com direito a um café, à roupa passada, à vida simples, rica em afeto e sem tribulações. Que mal há nisso?, perguntava-se; como podia ter julgado todos os homens que assim viviam? É preciso também coragem para ficar no mesmo lugar, tanto quanto partir.

As guerras da prosaica sociedade urbana: dona Felicia vivendo a importuná-los. Quantas vezes, antes de cruzar a porta, Giuseppe parou para escutar, quietamente, a mesma conversa; como então não eram casados na igreja, e ainda com filho pequeno! É coisa de índio, acrescentava a senhoria. Por esse motivo, ela os ameaçava com o despejo: a casa não podia ser mal falada. Dona Felicia, casamento não tem a menor importância para mim, dizia Anita; não é o que traz respeito; tenho minhas razões para lhe dizer isso.

A senhoria não se importava com as palavras ou razões de Anita; dona Felicia dizia gostar dela e por isso desejava que deixasse de ser tão bicho do mato. Olhe à sua volta, Anita!, afirmou, certa vez, enfática; você está agora na cidade, não fique achando que tem direito de fazer tudo o que quiser ou como quiser. Escute, você pode entender isso pelo bem ou pelo mal. Vou lhe dar um ultimato. Vocês se casem, ou terão de procurar outro lugar para morar!

Nesse dia, Giuseppe pigarreou; as duas se deram conta de sua chegada. Ambas se calaram; ele entrou, livros ainda debaixo do braço. Olá, algum problema?, perguntou. Não, disse Anita, explico depois. Apanhada de surpresa, a senhoria levantou-se apressada; bem, se me dão licença, eu já ia saindo, *buenas*, completou.

O berço: a criança em seu sono doce. Giuseppe inquiriu Anita sobre aquela conversa cheia de moralismos. Eu não me importo de mudar, José, disse ela, alugamos um cômodo em outro lugar. Ele balançou a cabeça, como um leão com sua juba; não queria deixá-la naquela situação. Nunca tivera uma vida normal; para ele, a guerra era até mais fácil. Quando precisava de comida, simplesmente a pegava. Sentou-se, ombros baixos; Anita se levantou, abraçou-o por trás, pousou sua cabeça sobre a dele. Precisamos só de um pouco de tempo, disse ela; para nós e o nosso filho.

Havia algo que Giuseppe precisava contar; pediu que ela se sentasse. Tinha sido procurado pelo intendente de Montevidéu; ele o convidara para chefiar um dos barcos da frota uruguaia. Rosas, presidente da Argentina, havia declarado que somente barcos com sua bandeira podiam navegar no Prata; na prática, isso significava uma declaração de guerra ao Uruguai. O presidente Rivera, que já tinha grandes inimigos dentro do próprio país, precisava reagir: aquele rio também pertencia aos uruguaios.

Anita sabia que não podia contrariar a natureza do marido, mas podia retardá-lo; puxou-o pela mão, o fez curvar-se sobre o berço do filho. José, não é hora, eu lhe peço; o teu filho não vale algum sacrifício dos nossos próprios desejos? O marido segurou sua mão, a expressar com os olhos, sim; mas não era bem o que lhe ia pelo coração.

Aqueles meses para eles foram duros; voltar à guerra não era só o chamado da aventura, como dinheiro: como soldado, Giuseppe certamente ganharia muito mais do que como professor. Sustentou, porém, sua palavra; assim seguiu todo o ano de 1841. Dona Felicia se dispunha a ajudar, generosa, mas insistia no casamento; Anita enfim explicou que já se casara uma vez, na igreja, de véu, grinalda e tudo; acrescentou que não gostava do primeiro marido, arranjo da mãe para sustentar a família, e contou como Manuel tinha sido levado pelos soldados imperiais. Nunca soube mais dele, afirmou; talvez os soldados o tivessem levado para uma execução; não havia como ter certeza. Dona Felicia soltou um bufo; segurou Anita, levantou-lhe a cabeça e disse, nada disso existiu; se não temos como provar que você é viúva, para todos os efeitos foi sempre solteira, entendeu? Vou ajudá-la, daremos um jeito.

A senhoria conversou com o padre Lorenzo; três italianos — Sacchi, Mancini e Anzani — asseguraram perante o padre a condição de solteiro de Giuseppe e de Anita também. Com esse arranjo, em 26 de março de 1842, Anita entrou de sapatos brancos repicando na escada do templo de São Francisco de Assis para casar na Igreja Católica uma segunda vez. O marido a recebeu no altar, muito apertado dentro de um traje a rigor. Sem o costume em usar saltos altos, Anita apoiava-se no braço de Aguiar para evitar um vexame. Pouca gente assistiu à cerimônia: o abade Paul, dona Felicia, que segurava pela mão o pequeno Menotti, mais uma dezena de farroupilhas refugiados, em arremedos de farda militar. E Napoleone Castellini, negociante italiano radicado em Montevidéu, com que os revolucionários tinham feito imediata amizade.

O momento: Anita, gelada e trêmula, segurando a mão de Giuseppe; os dois diante do padre Lorenzo, no início da celebração; as palavras ecoando na nave: irmãos, estamos aqui reunidos; Giuseppe concentrado no esforço de apenas pensar que a cerimônia acabaria logo. A pergunta que precisava ficar sem resposta: testemunham que Ana Maria de Jesus Ribeiro está livre e desimpedida? Diante do prolongado silêncio, o padre olhou para o abade Paul, Sacchi, Mancini, Anzani e, por último Aguiar; por um instante eles se entreolharam, para depois dizer, atropelando-se uns aos outros: Sim!

Ecoaram as palavras finais do padre: eu vos declaro marido e mulher; Giuseppe beijou a noiva e saiu aliviado pelo fim de tudo aquilo. Os sinos badalaram sobre a cidade. No fundo, sem querer admitir, ele estava muito feliz.

Em Caprera, quando recordava a cerimônia, abençoada pela farsa, Giuseppe sentia talvez o único arrependimento de toda sua vida: o de não ter aproveitado mais e reconhecido o valor daquele momento, superior em sacrifício pessoal a muitas de suas batalhas. Por mais mentirosa que pudesse ter sido a celebração, seu casamento não poderia ter sido mais verdadeiro; se havia um desígnio divino para os casais, nem sempre ele se cumpria na perfeição da Igreja, coroada com sua auréola de dourada hipocrisia, e sim daquele jeito torto, arranjado na dificuldade, a verdadeira liga que cimenta as pessoas.

Anita tivera com ele um filho e o acompanhara até ali; arriscara sua vida para viver com ele; merecia aquele tempo de trégua, e também a festa. Pudesse voltar atrás no tempo e teria sorrido mais, bailado mais, se despreocupado mais; aquilo também tinha sido uma experiência, ainda que apenas para mostrar que seu caminho, ou o caminho de ambos, não era retilíneo ou certo, sem deixar por isso de ser real e duradouro.

Naquela época, porém, ele relutava em alegrar-se; a vida ali o esgotava. Sentia falta do que, para ele, era viver mais plenamente; precisava tanto do soldo quanto de recuperar a si mesmo; estranho vício é a busca do perigo permanente: o impulso paradoxal que o fazia sentir-se vivo somente quando estava diante da morte. Apesar de todas as promessas, não conseguia trancar-se no seu monastério imaginário; estava cercado demais pelos amigos italianos e, sobretudo, sujeito demais a si mesmo, suas ideias, convicções e vontades soberanas, que atuavam como demônios sobrevoando suas boas intenções.

Recordou a expressão de Anita quando, alguns dias depois do casório, ela desistiu de ir à missa e voltou para casa mais cedo do que ele esperava. Encontrou-o na pensão rodeado de homens, em solene conspiração: Napoleone Castellini, o abade Paul, Anzani e um outro, que a mulher ainda não conhecia. No seu olhar faltou o espanto, ou o desgosto; era apenas a contemplação desolada de alguém que assiste a um fim inevitável; espera-se que um vulcão ativo vá, um dia, explodir. Meu anjo!, Giuseppe saudou-a, recompondo-se da surpresa; acho que você já conhece a maioria das pessoas; gostaria de lhe apresentar o senhor Florencio Varela, político aqui de Montevidéu, chefe da Comissão Argentina.

Varela dobrou-se numa mesura, indo ao mais baixo que podia chegar. Anita disse que veria Menotti no outro aposento; Giuseppe insistiu que ficasse, seria bom ela saber de tudo; mas Anita já imaginava do que se tratava.

Castellini fez a elegia de Giuseppe, famoso em Montevidéu por tudo o que tinha realizado no Brasil; ele mesmo, quando vendia armas ao exército farroupilha, em troca de couro e carne enviados à Itália, se encarregava de enviar notícias ao seu país natal sobre as proezas da Legião Italiana em terras brasileiras. O coronel Rossetti sempre disse que ele é nosso *condottiere*, afirmou. O doutor Florêncio, por seu turno, explicou que necessitavam do conhecimento náutico e bélico de Giuseppe. Este já havia recusado o convite anteriormente, alegando que não trabalharia sob o comando do almirante John Coe: um americano. Tinham pensado bastante, no entanto, e, como John Coe já tinha sido subordinado do almirante da frota argentina, William Brown, irlandês radicado no Prata, que os portenhos chamavam de Guillermo Brown, daquela vez vinham pedir que Giuseppe assumisse o controle de toda a marinha uruguaia em seu lugar.

Anita virou-se para Anzani, como quem diz, imagino que vocês, italianos, têm algo a ver com isso. Imaginamos restabelecer aqui a Legião Italiana, com os nossos expatriados, disse ele, meio acabrunhado. E quem sabe um dia voltar à Itália; levantaremos de novo a bandeira da independência e da unificação. Graças às notícias de dom Castellini, se Giuseppe já era famoso na Itália, agora é uma lenda; ele e seus lanceiros gaúchos são heróis do povo italiano. Lá, todos pedem pela suspensão da sua pena de morte, para que ele possa retornar.

Fervilhavam de planos; restabeleceriam a coluna que deixara o Brasil, incluindo os revolucionários italianos, unidos novamente no exílio, os negros libertos e os demais combatentes; usariam como dístico não mais o lenço dos republicanos gaúchos, e sim uma camisa vermelha. Anita olhou para o abade Paul, que apesar do epíteto já não era mais padre; perseguido em seu país e também exilado, a única fé que então professava era a da liberdade. Não havia ali nenhuma voz dissonante, exceto, possivelmente, a dela. A decisão final, porém, seria de Giuseppe. Você, o que diz? — perguntou ela ao marido. É um sonho, a Legião Italiana..., disse ele. Mas apenas um sonho, ainda; vamos pensar e conversaremos melhor, outra hora.

Todos compreenderam; ficaremos então aguardando a resposta, disse Florencio Varela; fique à vontade para pensar, mas leve em consideração como isso é importante e urgente para todos nós.

Despediram-se, boa noite, boa noite; Anita foi amável com todos, embora Giuseppe soubesse que estava magoada; não pelo que acontecia, mas pela maneira como as coisas se tinham passado, pelas suas costas. Depois que todos saíram, o ar entre eles carregou-se de eletricidade; desculpe, disse Giuseppe, eu devia ter dito algo a esse respeito antes.

Ela se sentou; a visão daqueles homens lhe dera cansaço. Tinham acabado de se casar e havia Menotti; talvez ambas as coisas incentivassem Giuseppe a sair de casa: o marido sentia-se preso, e a guerra era uma forma de fuga. Se você não quiser, recusarei o convite também desta vez, ele disse. Anita precisava dele vivo, mas sabia que, mesmo se o elevassem à mais alta das cátedras, para ele a morte parecia mais próxima e certa numa sala de aula do que no fragor da batalha. Encarou Giuseppe; iria com ele, ou iria perdê-lo. Levantou-se, aproximou-se e o beijou. O pavor daquela noite de fuga na lagoa estava presente ainda na sua pele, no seu nariz, nas suas entranhas. Anita, no entanto, sentia-se como o marido, prisioneira de uma gaiola invisível; suavemente, empurrou-o até que ele se sentou na *bergère*; ajoelhou-se aos seus pés. Também há algo que gostaria de te dizer, afirmou.

Contou-lhe uma história. Muitas vezes passava na frente da vitrine da confeitaria da praça; lamentara tantas vezes não ter dinheiro para comprar uma torta de morangos, uma só, e dividi-la com Menotti. Ao ouvi-la, Giuseppe passou do assombro à tristeza; subitamente se sentiu responsável; desculpe, murmurou, atordoado, desculpe; você tem razão, esqueça a guerra, esqueça a Legião Italiana, eu não devia ter dito nada. Trabalharei mais. Ganharei mais dinheiro. Compraremos tantas tortas quantas vocês quiserem comer.

Não é isso, José, disse ela; antes, não pensávamos nessas coisas. Também não tínhamos dinheiro, mas tínhamos o sonho. Não éramos miseráveis, éramos revolucionários. Sinto falta disso em você. Sinto falta disso em mim. A revolução não está na Itália, nem no Brasil. Está dentro de nós. Eu quero que você vá. Eu quero que seja feliz. Que a vida volte dentro de você. Vá, José, e nos traga de volta o sonho.

Em Caprera, imune ao mundo ao redor, viajando dentro de si mesmo, de suas memórias e mais caras recordações, Giuseppe colocava esse momento entre os melhores de sua vida, pérola em caixa de veludo. Ao recordar Anita na sua frente, o rosto transmutado por aquelas palavras, ajoelhou-se diante dela também; seus olhos ficaram rasos d'água como naquele instante, ao tomá-la nos braços, quase incrédulo: reafirmação da escolha que fizera, perfeita, definitiva, alentadora, talvez miraculosa. Lembre-se de apenas uma coisa, disse ela: irei me juntar a você, assim que puder.

*

Travessuras de menino é como às vezes parecem as batalhas: 23 de junho de 1842. A armada uruguaia tinha três embarcações, que cortavam as águas do rio da Prata; de volta ao poncho branco, botas e sabre, a velha luneta náutica na mão direita, Giuseppe experimentava o prazer de firmar o pé sobre a proa do *Constitución*. Atrás dele, Aguiar, Sacchi, Mancini, Anzani e trezentos homens esperavam o combate. Podia sentir como antes o vento no peito, agitando seus cabelos, sopro da felicidade. Com a guerra, sentia-se em casa; tudo era familiar, exceto o mastro, no qual tremulava a bandeira da Inglaterra.

Com aquele pequeno truque pirata, esperava ganhar algum tempo, qualquer que fosse; com a bandeira inglesa desfraldada, e os canhões escondidos, queria ser confundido com algum barco comercial e ultrapassar Martín García. Ilhota cinzenta e inóspita, canhões alinhados sobre o muro de pedra, ali os argentinos se encastelavam, bloqueando o estreito do rio. Mal Aguiar levantou a voz, em aviso, começaram os disparos; uma das balas caiu na água a curta distância e Giuseppe deu a ordem, na voz certo prazer: ergam a bandeira uruguaia, descubram os canhões!

Os homens apanharam suas armas, mantidas ao rés do chão; Giuseppe deu o sinal de fogo; a explosão dos canhões fez silvarem as balas no seu curvo trajeto, com pedras e blocos de estuque; trocando fogo com os argentinos na fortaleza, passaram. Ao se verem fora de alcance de tiro, saltaram, gritaram e atiraram chapéus para o alto; estavam seguros para seguir até Corrientes, onde reforçariam as tropas uruguaias. Um sinal de Sacchi, porém, interrompeu a festa; olhe lá, comandante, disse ele, divisando uma grande frota argentina; se não é o almirante Brown.

Inesperado acidente, triste agouro, ou golpe do destino, nesse exato instante um grande impacto lançou todos ao chão; o *Constitución* encalhou, as tábuas rangentes misturando seu lamento às pragas da tripulação. Da euforia sem conta, passaram incontinente à aflição; Garibaldi olhou para trás e viu suas outras duas naves também encalhadas na mesma posição.

Adiante, a frota de Brown crescia no campo de visão. Deu então ordens de jogar fora mantimentos, ferramentas, tudo o que não se parafusasse ao convés; com os oficiais ao seu lado, debruçou-se na amurada, para ver se com peso menor o *Constitución* se livrava do banco de areia que, como uma armadilha, os faria morrer indefesos ali.

Jogaram tudo n'água, e nada. A nau continuava imóvel.

Giuseppe franziu o cenho: mandou atirar fora também os canhões. Sacchi olhou para ele, consternado; porém, estavam ainda presos e, por mais que doesse, mesmo com a artilharia eles seriam presa fácil, parados ali. Precisamos levitar!, bradou Giuseppe. Vamos!

A água recebeu com estardalhaço as pesadas peças; ainda assim, o barco não se mexeu. Giuseppe fez todos correrem de um lado a outro do convés, estibordo, bombordo, estibordo!, para balançar a embarcação; o *Constitución* seguiu encalhado, com as velas da flotilha inimiga se aproximando, como nêmesis fluvial. A bordo do *Belgrano*, a nau capitânea, o almirante Brown não podia estar mais surpreso. Ao ver os pequenos barcos uruguaios paralisados na areia, à mercê de suas duas dezenas de embarcações, ele só podia sorrir, se é que sorriem os lobos; nunca uma vitória tinha sido tão fácil. Destruir a armada uruguaia naquelas condições chegava a ser covardia; foi embaraçado que ele alteou a voz para o comando, preparem os canhões!

Os argentinos trabalharam rapidamente; os canhões foram levados às bocas de tiro na amurada; os armeiros rolaram as balas para dentro das bocas de ferro e socaram as cargas de pólvora. Ao sinal de seu capitão, as naves fizeram ângulo; aproximavam-se das embarcações uruguaias de viés, mostrando o costado, para disparar. O almirante tinha a mão suspensa no ar, prestes a dar o sinal que selaria o destino de Giuseppe, quando de repente o *Belgrano* sacudiu, tremeu, gemeu e parou; desequilibrado, seu capitão usou a mão que comandaria os disparos para não perder da cabeça o chapéu tricórnio.

Ao ver que o inimigo também encalhava, Giuseppe calculou a distância; ao longe, viu Brown dar o sinal de tiro; ouviu o som das explosões, a começar pelo próprio *Belgrano*; colados à amurada, ficaram todos naquele tempo sem tempo, em silêncio, na expectativa. As balas cruzaram os espaços, zunindo, e se espatifaram na água, uma atrás da outra: estavam fora do alcance de tiro! Em pé sobre a amurada, a tripulação pulou e cantou de alegria, batendo no peito e insultando o inimigo a distância; tinham ainda como arma a galhofa, o insulto, o impropério e a provocação.

Venham! Maricas! Covardes!

Logo, porém, o entusiasmo arrefeceu; contra a vontade, ficaram todos naquela bizarra situação. A tarde caiu; enquanto o rio não subia, faltou o que fazer; cansados de xingar o inimigo a distância, os homens de Giuseppe estenderam as redes para descansar. Anzani, cochilando a um canto, foi o primeiro a perceber o balanço do barco, que o fez despertar. A maré subia, elevava o leito, refluxo em direção ao interior do rio-estuário. Giuseppe viu a vantagem de ter uma frota menor e mais leve; mandou içar as velas, exortou os marujos, e uma lufada benfazeja sacudiu o *Constitución*. O ritmo dentro da embarcação se tornou frenético, vamos, vamos, vamos! Diante da frota argentina ainda encalhada, os barcos da pequena frota uruguaia se desprenderam primeiro e fugiram, passando ao largo sãos e salvos, sob as vistas do almirante enfurecido.

*

A vida é volátil, fluida, volúvel; naquele dia o vento estava a favor ao extremo; em Caprera, Giuseppe ainda podia ver as velas enfunadas, símbolo do triunfo diante do inimigo mais poderoso. Tivera sorte, mas também coragem; só com coragem alguém desafia um inimigo muito maior. Não podia pensar em Anita, em Menotti; se pensasse nisso, fraquejaria. Nas suas longas ausências, sentia falta de Anita, assim como do filho, mas receava amolecer demais seu coração; ainda mais por saber que a mulher estava grávida outra vez.

Suas lembranças desse tempo se embaralhavam num redemoinho; ele abandonando a armada uruguaia, tocada em chamas, como em Laguna; em Montevidéu, a parteira levantando no ar o bebê: menina, a quem deram o nome de Rosita. Embarcações deslizando para combater Brown; o bebê no berço e Menotti a brincar. Anita na calma de casa, o pé na máquina roca, a costurar camisas vermelhas; ao nascer a segunda menina, Teresita, Giuseppe cobriu-lhe o berço com a bandeira negra, o Vesúvio ao centro e a inscrição SOB AS ORDENS DE GARIBALDI, que lhe entregara Gallino, o pintor. O novo símbolo da Legião Italiana, conhecida agora como os "camisas--vermelhas", ganhava o mundo. O dístico de liberdade não era uma simples ideia no ar: pairava sobre as cabeças dos legionários italianos, que o faziam tremular.

Cada tempo com seus cuidados: Anita ao lado de Catalina, ama de leite das crianças; Giuseppe a levantar baterias avançadas na periferia de Montevidéu; para isso, à frente de seus homens, desenterrou os canhões velhos e enferrujados que os antigos conquistadores espanhóis tinham abandonado. Anita costurando e bordando com dona Felicia, Rosita, Teresita e Menotti. Diziam que Giuseppe era um simples mercenário, mas no Uruguai ele, assim como os cidadãos, protegia também sua família e a casa onde moravam.

Os argentinos enfim empurraram as defesas uruguaias até Montevidéu; dos muros, era possível ver a silhueta do acampamento inimigo e ouvir a cantoria dos soldados diante do fogo aceso até a madrugada. Na Montevidéu cercada, com barricadas e trincheiras pelas ruas, à espera da invasão, pela manhã Anita foi com dona Felícia ao mercado, cada uma com um vale na mão; a fila de mulheres à espera da ração de guerra virava quarteirões. Afinal chegaram ao balcão aberto para a rua, onde um par de militares distribuía a comida; receberam um pacote, colocado em uma sacola de feira, com tudo o que teriam para passar o mês. Uma aristocrática senhora, em roupas que lembravam ainda o tempo de fartura, mas se encontravam já sujas e gastas, disse a outra ao seu lado: veja só, nós aqui nesta fila, passando necessidade, enquanto Garibaldi, o mercenário estrangeiro, se enriquece com a guerra. Esses italianos estão tirando o pão dos nossos filhos, concordou a outra; quando a guerra acabar, nós vamos ficar sem país e eles irão embora com a burra cheia de dinheiro.

Anita ouviu; foi dona Felicia quem mais tarde contou o ocorrido a Giuseppe. Ei!, admoestou ela. Vocês não sabem o que estão dizendo; Giuseppe Garibaldi recebe tanto quanto os outros oficiais de seu país, nada mais. E quem é você para dizer?, inquiriu a nobre uruguaia, ao que Anita respondeu, apontando a sacola: a mulher que cria os filhos dele com isto aqui! Mal disse a última palavra, chutou a sacola na direção das duas mulheres; a comida rolou pelo calçamento, para consternação geral de todas que, ainda na fila, presenciavam a cena. As mulheres recuaram um passo; não pelo gesto, mas pelo olhar assassino; Anita então recitou de cor: onze onças de pão, seis de arroz, feijão, favas, meia onça de banha, para um mês. Um mês! Isto é o que leva para casa a família de Giuseppe Garibaldi, o homem que luta para salvar Montevidéu!

Avançou sobre a mulher, sangue quente, mas dona Felicia interveio; saltou na frente de Anita, empurrou-a para trás. Ainda enfurecida, Anita disse, entre os dentes: essa gente tem de saber o sacrifício que meu marido faz para lutar por um país que nem é dele. Ele está agora lá nas trincheiras que seus homens abandonaram, defendendo seu país no lugar deles, e eu estou aqui. Ingratos, miseráveis!

Disso soube Giuseppe mais tarde, porque, embora na cidade, estava longe; não podia sair das trincheiras. Diante do ataque iminente, permanecia junto com seus homens, cuja moral precisava sustentar. Por vezes, escapava para uma visita noturna; deixava o cavalo selado na porta da pensão e entrava, marcando a escada com a sujeira das botas pesadas, segurando a copa da espada e andando devagar para não acordar as crianças com o tilintar da arma e as esporas.

A calma da noite; ia primeiro ao quarto das crianças; Menotti e as meninas ganhavam um beijo soprado de longe durante o sono; depois ia ao seu quarto, onde Anita dormia de janelas abertas, para ouvir sons de guerra, que lhe davam distantes notícias; debruçava-se sobre ela e a acordava com um beijo, ou pensava que a acordava, pois na verdade ela já estava esperando; conhecia o passo contido, o cheiro de guerra, a sombra do marido cortando sobre ela a luz do luar; beijava-o sôfrega e faziam amor, com poucas palavras, antes de ele deixá-la novamente.

Aquela breve visão da mulher e dos filhos lhe dava ânimo, forças para voltar às trincheiras, à espera do confronto final. Ele veio; dois dias e noites inteiros vendo o inimigo avançar, tomando pontos cada vez mais próximos do limite da cidade, sob fuzilaria pesada. Nas trincheiras cavadas no chão, os camisas-vermelhas ombreavam com soldados uruguaios; os velhos canhões espanhóis disparavam, meio sem direção. Não sei por quanto tempo mais resistiremos, disse Anzani, na segunda noite. Esses homens são como eu, disse Giuseppe, eles têm mulher e filhos na cidade, sabem que precisam defendê-los; os argentinos e os homens de Oribe não passarão tão fácil, terão que enfrentar até o último de nós. Receio que seja uma profecia, disse Anzani, a menos que aconteça um milagre.

Milagres acontecem para quem neles acredita, pensou Giuseppe. Nunca tinha se alistado em uma causa que não fosse perdida; acostumara-se à desvantagem. Daquela vez, porém, chegou a acreditar que já gastara todos os seus dobrões da sorte. Em Caprera, recordava-se de pensar aquilo e, em seguida, zunir ao seu lado uma bala de canhão; dois uruguaios tombaram mortos e uma chuva de pedras e terra caiu sobre ele; protegeu a cabeça com as mãos. De repente, porém, a fuzilaria cessou; alguns tiros ainda partiram da trincheira uruguaia, mas do outro lado tinham baixado as armas.

Cessar fogo!, pediu Giuseppe. O silêncio se tornou completo; ele ouvia somente o vento canalizado na trincheira, levantando o pó. Então, distinguiu tiros de canhão mais ao longe, onde o rio se abria para o mar; meio agachado, dentro da trincheira, apareceu Aguiar; siô, vem ver isso!, disse.

Giuseppe e Anzani seguiram o negro; saíram da trincheira pela retaguarda e correram para a escada de pedra que dava no muro de Montevidéu. Do alto, puderam ver além das linhas inimigas, comandadas pelo general Urquiza. No estuário do Prata, avistaram uma armada completa entrando no rio; Giuseppe levou a luneta ao olho direito e viu, na lente distorcida, as bandeiras da França e da

Inglaterra. Aí está seu milagre, murmurou ele a Anzani, e lhe entregou o instrumento, para que pudesse crer.

As recém-chegadas naves de guerra dispararam com carga total contra as embarcações do almirante Brown, estacionadas diante de Montevidéu. Apanhadas de surpresa, as naus argentinas tentaram manobrar para virar seus canhões da cidade para a entrada do rio; do ataque, passavam de repente à defesa. A frota aliada era numerosa e bem aparelhada; um bombardeio intenso começou a levar pelos ares a frota argentina; ao ver aquilo, os soldados em terra abandonaram seu posto de ataque; foi dado o toque de recuar. Os mesmos que acuavam a cidade agora debandavam.

Giuseppe avançou o peito sobre o muro, de onde podia enxergar suas próprias linhas entrincheiradas; aos espantados soldados, exultante e firme, bradou: Patriotas! Republicanos! Eles estão em fuga! Chegou a nossa hora. Atacar!

*

Numa guerra, somente quem morre descansa; aquela inopinada vitória fez Giuseppe lançar-se adiante em perseguição aos argentinos, saindo de Montevidéu sem tempo de ver Anita mais uma vez. A seu pedido, quem levou o recado foi o ministro da Guerra, Pacheco y Obes. No começo da noite, um lampião distante iluminava fracamente a pensão de dona Felicia; o ministro bateu várias vezes, até que a porta se abriu. Catalina atendeu, pediu um momento depois que ele se identificou, e voltou para deixá-lo entrar.

A criada o levou pela escada às escuras até o aposento de Anita; o ministro entrou, mas pouco enxergava na escuridão. Entre, ministro, foi a voz de Anita; desculpe recebê-lo assim, sente-se. Pacheco y Obes distinguiu Anita na *bergère*; os filhos dormiam na cama ao lado, amontoados. Ela lhe ofereceu a cadeira em frente; o ministro sentou-se. Desculpe-me a intromissão; se me permite, gostaria de fazer uma pergunta: por que vocês estão no escuro? Porque na ração já não vêm velas, ela disse. O ministro fez silêncio, com sua expressão de desconcerto encoberta na penumbra.

Contou que estivera com Giuseppe: assumira o comando de quinze navios da frota tomada ao almirante Brown pelos ingleses e franceses; partira para Corrientes com a Legião Italiana e duzentos homens do comandante Baez, em perseguição ao inimigo. Não tivera tempo de se despedir. Meu trabalho como mensageiro é transmitir o pedido de perdão, junto com este bilhete, disse o ministro, e estendeu a Anita um envelope. Peço-lhe desculpas pela situação, acrescentou Pacheco y Obes; o senhor Garibaldi tem sido de inestimável valor para a República e lamento que a senhora esteja passando necessidade; creio que podemos e devemos lhe oferecer quinhentos patacões em auxílio. E algumas velas. Espero que não seja orgulhosa demais para aceitar.

Anita pousou o envelope no regaço; ansiava por ler, mas estava escuro demais, e queria primeiro que o ministro saísse. Na guerra aprendemos a não ter orgulho, senhor ministro, aceito; mas o senhor pode nos enviar a metade desse dinheiro. Dona Marialva Torres, uma viúva que mora em outro quarto desta pensão, tem passado tanta ou mais necessidade que nós; ela não tem marido, filho ou mesmo parentes a quem recorrer e vive da ajuda de vizinhos. Se o senhor quiser realmente me fazer um favor, poderia enviar a outra metade do dinheiro para ela.

Admirado com aquela generosidade, Pacheco y Obes fez sinal de concordância; sentiu que sua visita terminava quando ela lhe agradeceu por ter trazido o bilhete. Disponha de mim para o que precisar, afirmou ele. Mais tarde, o ministro contou a Giuseppe sua visita; descreveu a forte impressão que lhe causara a mulher, recebendo-o no escuro, na intimidade do lar, com os filhos dormindo ao redor; demonstrava uma firmeza que o fizera entender como um homem intrépido como o grande *condottiere* se deixara encantar.

Levantou-se, com uma mesura, e encaminhou-se para a porta; Catalina abriu e ele saiu. Quando a porta se fechou atrás dele, Pacheco y Obes olhou para o corredor vazio da pensão; não havia luz em nenhum lugar, mas algo ali iluminava seu coração.

*

Corrientes: diante de uma frota inimiga muito superior, quinze barcos nada valiam; Giuseppe os incendiou para jogá-los na correnteza contra o inimigo e prosseguiu em terra. Oficiais a cavalo seguiram à frente de uma coluna formada por seiscentos camisas-vermelhas e duzentos homens do batalhão do comandante Baez; os lanceiros levantavam as flâmulas da bandeira uruguaia e da Legião Italiana. Prestes a subir uma colina, surgiu no alto uma força inimiga cinco vezes maior. São muitos, disse o comandante Baez; é verdade, respondeu Giuseppe. O uruguaio quis bater em retirada; não havia esperança em um confronto direto. Porém, também já não havia tempo para fugir. Tantas guerras tinham feito Giuseppe pensar de outra forma; ele aprendera a encarar o inimigo em vez de recuar, mesmo em inferioridade numérica ou bélica. A razão é simples, disse a Baez: quando você ataca, o inimigo nunca pensa que você é mais fraco. E tem razão, porque quando atacamos, não temos medo, e sem medo somos mais fortes.

Baez olhou para ele, surpreso e admirado. Atacar com bravura não muda o fato de que estamos em inferioridade, disse ele. Eu estou em posição muito melhor do que já estive, afirmou Giuseppe; temos infantaria e cavalaria juntas! Estamos acostumados a combater com muito menos!

Giuseppe pensou em Anita em Montevidéu; ela nunca duvidara dele: seguira tendo os filhos, sempre na crença de que ele iria voltar. Aquela certeza seria confiança na sua capacidade, fé ou apenas inconsequência? Não havia como dizer; sabia apenas que, de qualquer forma, Anita tinha coragem. Precisava estar à altura da mulher; só assim voltaria para casa. Dirigiu-se aos camisas-vermelhas, que seguiam logo atrás; voz mansa e suave, encarou homem por homem enquanto falava; os inimigos são muitos e nós somos poucos: melhor assim! Quanto menos formos, mais glorioso será o combate!

Os homens ouviram aquelas palavras; em Caprera, no seu leito de lençóis brancos, Giuseppe se recordava daquele momento soprado por anjos; braços se levantaram, apareceram punhos cerrados, fuzis e baionetas, gritos e urras cortaram o ar. Abram fogo somente a curta distância para não desperdiçar munição, disse ele; e usem as suas baionetas! E deu ele mesmo o exemplo, lançando-se à frente a galope, colina acima, em direção ao adversário, diante de Baez e toda sua incredulidade.

*

A pensão de porta aberta; o cômodo que servia de sala se usava para o velório; uma dezena de pessoas contritas e silenciosas e Anita de preto: não chorava, mas contrastava com o vestido negro, pálida de cera. Por sorte, Giuseppe não estava ali. Teria desejado tomar o lugar da filha: um caixão pequeno, de criança, era algo que ele não podia suportar. Num canto, Menotti se encolhia; ao lado, a ama Catalina segurava Teresita no colo.

Anita se penitenciava; dona Felicia dizia que ela nada podia ter feito. A garganta de Rosita estava infeccionada; fechou-se, faltou--lhe o ar. Dona Felicia, a senhora não sabe o veneno que corre no meu sangue, disse Anita. A senhoria lhe deu um abraço. Você devia chorar, minha filha, chorar serve para isto; alivia a gente, ninguém pode carregar tal peso. Ela, porém, não chorou; rosnava, inconformada.

O ministro Pacheco y Obes se ofereceu para dar a notícia a Giuseppe, na frente de combate; Anita, porém, recusou; partiria ela mesma, no dia seguinte. Estava cansada de ter o marido longe, naquela guerra interminável; se era para ver uma filha morrer mesmo sob cuidados, preferia estar no campo de batalha, onde havia mortes melhores; estava enfarada de costurar e bordar. Ficar em casa não garantiu a vida da minha filha, disse ela; o que estou fazendo aqui?

Levou as mãos crispadas ao rosto, tentou rasgá-lo com as unhas; dona Felicia a segurou; não faça bobagem, minha filha, a guerra irá terminar. Ainda bem que não acabou, dona Felicia, porque, a partir de hoje, Aninha do Bentão será novamente Anita Garibaldi.

Dito e feito; no dia seguinte, Anita partiu. Metida em trajes do pampa, desceu do barco no pequeno atracadouro de Salto, barranca que dava na cidade, transformada em acampamento das forças uruguaias. Trazia Menotti pela mão; atrás dela, vinha Catalina com Teresita. Entrou a passos largos no acampamento; de longe, Giuseppe a avistou; estava atrás de uma mesa, diante de uma casa caiada de branco, telhado baixo, despachando assuntos administrativos; soldados eram carregados de maca até a enfermaria, outros cuidavam dos cavalos, lavavam a roupa no rio ou descansavam na sombra das árvores, breve trégua entre batalhas. Levantou-se num salto para ir ao seu encontro, de braços abertos; antes da mulher, porém, Menotti o agarrou, pendurando-se em suas pernas.

Ela o abraçou com beijos e lágrimas; não bastou mais que a falta de Rosita para Giuseppe imaginar o que tinha acontecido. Anita, meu amor, compreendo tua imensa aflição, que é também a minha; mas você não devia ter vindo. Se não viesse, enlouqueceria de tristeza e desgosto, disse ela; nosso lugar, meu e das crianças, é aqui; somos uma coisa só. Se tiver que acontecer algo, que seja a todos, porque uma perda assim é sofrimento demais para quem fica.

Giuseppe levou a família para sua barraca de campanha; lá dentro, havia apenas uma cadeira, um baú com objetos pessoais e uma esteira de dormir. Apesar dos avanços, conquistados graças ao apoio estrangeiro, as coisas ainda eram muito incertas; vencemos uma batalha que parecia perdida, disse Giuseppe, mas há muitos feridos. Trabalharei então na enfermaria, disse Anita; Catalina ficará com as crianças.

A criada levou os filhos para conhecer o acampamento; ficaram, então, a sós. Anita abraçou Giuseppe, amor, ternura e desejo; compreendo que todas as moças do Uruguai caiam de amores pelos homens da Legião Italiana, disse ela; essas camisas vermelhas que eu costurei foram feitas para chamar a atenção. Giuseppe riu e balançou a cabeça, como se não soubesse do que ela estava falando; abrindo o casaco com uma mão, enquanto a outra enlaçava o marido, Anita mostrou uma cinta de pano, na qual enfiara um par de pistolas; sabe por que são duas?, ela perguntou. Antes da resposta, ela mesma completou: uma é para a tua amante, se arrumares uma, e a outra para descarregar em você. Agora, senta.

Giuseppe sentou-se na cadeira, que rangeu com seu peso; Anita abriu o baú e apanhou ali uma grande tesoura; sempre achei lindos os teus cabelos, são cabelos de um revolucionário, ela disse, enquanto começava a cortá-los; as madeixas aneladas caíam diante dos olhos de

Garibaldi. Acho que você não precisará deles para matar argentinos, disse ela, e ficarei mais tranquila com essas sirigaitas.

Quando terminou, sua fúria parecia finalmente aplacada. Giuseppe passou a mão direita pela cabeça, quase irreconhecível. Anita estava em lágrimas: lágrimas de amor, de alívio, de saudade, de tristeza, de amargura por Rosita. Sentou-se no colo do marido, abraçou-o e o beijou sofregamente, represa aberta, por onde um turbilhão de emoções fluiu no resumo de um gemido. Eles desceram ao chão; a faixa com as pistolas caiu por terra, enquanto ele a despia; Giuseppe puxou Anita sobre a esteira; bebeu do seu corpo quente, agora opulento e largo de mãe; ela se tornara madura, mais mulher, e incandescente como nunca.

Enquanto mergulhava dentro dela, Giuseppe anteviu sua redenção; a guerra terminava ali. Tudo de que precisava para acabá-la era aquela força; estar inteiro novamente, com aquela parte dele mesmo que tinha deixado atrás. Com Anita a seu lado, queria tudo, podia tudo, conquistaria tudo; não só o que prometera a ela, como a si: aos dois.

*

Montevidéu voltou ao normal, barricadas desaparecidas, charretes nas ruas; as padarias tinham novamente o pão na vitrine. De casaca e cartola, Giuseppe andava com dificuldade pela Calle Veinticinco de Mayo; puxando a perna direita, subiu as escadarias do palácio do governo. Na antessala do gabinete presidencial, encontrou o ajudante de ordens sentado à mesa, diante de uma porta dupla de madeira; cumprimentaram-se com um gesto de cabeça; o presidente já está à sua espera, ele informou.

Ao vê-lo, Fructuoso Rivera se levantou. Cumprimentaram-se efusivamente, com o beijo lateral dos velhos caudilhos; rosto cansado, mas aliviado e feliz, o presidente indicou o sofá da sala de estar, afastado da sua mesa de trabalho, onde poderiam conversar mais à vontade. Giuseppe tirou a cartola e sentou. Teve que explicar por que mancava; um pouco de artrite, das noites passadas ao relento, no frio; a vida de guerra cobrava seu preço. Às vezes lhe doíam as juntas todas; a mente era jovem, o corpo ficara precocemente velho. Você ficará muito bem, disse Rivera; a vitória é regeneradora.

Sim, o Uruguai estava salvo; Giuseppe conquistara o maior triunfo de sua carreira. Isso não era o fim, nem mesmo o começo; chegava a hora de cumprir a missão de sua vida, abandonada quando ainda bem jovem. O tempo amadurecia o homem e as condições eram outras; via agora claramente o traçado do destino em sua vida, e o motivo pelo qual tinha sido preservado até ali: sua grande missão ainda estava pela frente.

Vim agradecer a confiança por me nomear comandante em chefe das forças armadas uruguaias, disse ao presidente; e também sua oferta das terras no rio Negro, como pagamento a mim e meus soldados da Legião Italiana. É o mínimo que poderia fazer, disse Rivera; graças a vocês, e à ajuda dos nossos aliados franceses e ingleses, que defenderam a legalidade, o Uruguai pode dizer que enfim é um país soberano e livre. Não haverá dinheiro suficiente para pagá-los. Obrigado pelas palavras, disse Giuseppe; quanto à recompensa, gentilmente gostaria de recusar.

Rivera aguardou um momento, para assimilar aquelas palavras; nunca imaginara que alguém poderia recusar a riqueza daquela forma, simplesmente; no entanto, sabia que não estava diante de uma pessoa comum. Consultei meus oficiais e a posição unânime foi recusar a oferta do dinheiro, disse Giuseppe; espero que o senhor não se ofenda. Temos razões para isso. O Uruguai nos ofereceu hospitalidade, o que já é um grande pagamento; apenas seguimos nossa consciência.

Enfiou a mão por dentro da casaca, de lá retirando o documento no qual o presidente lhes fazia a doação; colocou-a ao lado do sofá, na mesa auxiliar. Giuseppe também depositou ali uma carta, sua demissão como comandante das Forças Armadas uruguaias, cargo para o qual acabava de ser convidado. Rivera não recebeu bem aquela informação; tinham rechaçado os argentinos, é verdade, mas era preciso consolidar a independência. Gostaria que o senhor compreendesse nossa necessidade de deixar o país, disse Giuseppe. Na Itália, ainda temos trabalho a fazer.

Giuseppe lhe explicou a situação; recomeçava no Piemonte a luta pela libertação do jugo imposto pelo império austríaco; em Nápoles e Roma, o povo clamava pela República. Gênova já proclamara sua independência; o rei Carlos Alberto declarara guerra à Áustria. Giuseppe lhe mandara uma carta, oferecendo seus serviços. Mandara outra carta ao papa, oferecendo também seus préstimos, se o pontífice se dispusesse a lutar pela unificação da Itália e devolver o poder do Estado a um governo temporal.

O presidente uruguaio sorriu; Giuseppe via ali o homem desconsolado, mas ao mesmo tempo tomado por uma ponta de inveja: para uns, os grandes trabalhos, que parecem desafios intransponíveis, são o que para outros dão razão de viver. Receio que você queira o impossível, disse Rivera. Para mim, impossível é não tentar, Giuseppe respondeu.

Com a vitória, Montevidéu para ele acabara. Rivera se levantou para lhe dar um abraço — de agradecimento, despedida e, acima de tudo, compreensão. Sabia que não poderia mudar uma decisão tão firme; aquele não era homem que se aliciava com promessas vãs, nem dinheiro. Que Deus então o acompanhe, disse; e a sorte esteja do seu lado.

Os preparativos foram rápidos; o futuro em construção o afastava de Anita, mas seria por pouco tempo. Ainda pesava sobre ele a sentença de morte em terra italiana; por isso, com muita cautela, ela iria na frente com a família. Na despedida, subiu com ela ao vapor que a levaria a Gênova, ao lado de Napoleone Castellini, que lhes fizera todos os arranjos; abraçou e beijou os filhos e também Catalina, em quem e a quem tanto eles confiavam; por fim, abraçou ternamente a mulher.

Anita usava um vestido leve de verão; levava o filho mais novo no colo, o recém-nascido Ricciotti: homenagem ao patriota italiano fuzilado pelos Bourbon, símbolo de esperança para o futuro. Giuseppe colocou sobre a cabeça da criança sua pesada mão de guerreiro; estarei em breve com vocês, disse; nosso pequeno Ricciotti se criará na Itália. Sim, disse Anita, segura do que faziam; também para ela, uma nova vida começava ali.

Sempre que parecia tudo bem resolvido, estavam novamente de partida; aquela, porém, seria a última vez. Anita e os filhos chegariam incógnitos, discretamente; o irmão de Napoleone, Paolo, iria recebê-los no porto. Breve me juntarei a vocês, disse Giuseppe. Anita beijou Napoleone, a quem deviam tanto; nesse instante, aviso de partida, o vapor apitou.

Giuseppe sentiu o tremor do convés, as máquinas começando a trabalhar; desceu com Napoleone até o píer, onde fervilhavam amigos e parentes dos que partiam para a longa viagem. Anita surgiu na amurada, serena, mas já saudosa; os marinheiros recolheram a escada, soltaram-se as amarras no atracadouro e o vapor se moveu. Dezenas de passageiros se acotovelavam para se despedir da multidão. Catalina e as crianças se juntaram a Anita na amurada, entre lenços agitados, enquanto o casco negro se afastava. Giuseppe ainda mirava os olhos de Anita, ao longe, fixos nos seus; custava desfazer aquela ligação. Tinha pressa de terminar o que estava por fazer, recuperar a vida, para nunca mais perdê-la.

Pense que não estão indo embora, murmurou para si mesmo; apenas o sonho vai para a Itália, onde começou, e onde vai se realizar.

III. A liberdade

A noite caíra em Caprera; Giuseppe ergueu o corpo, com dificuldade; buscou a vela ao lado da cama e a acendeu. A chama tremulou levemente, lançando sombras sobre a parede; com ajuda das mãos, ele empurrou suas pernas para a beira e sentou-se, arfando; cada movimento lhe custava um esforço descomunal. Francesca o queria na cama em descanso, mas não podia mais; quando caía a luz, receava fechar os olhos e não mais acordar: faltava-lhe tempo para dormir. Com um impulso, conseguiu se erguer; lentamente, colocou sobre os ombros o poncho branco, cobrindo a camisola de dormir; vestiu o gorro, acomodou-se na cadeira de rodas e manobrou para sair.

Abriu a porta lentamente; não queria acordar Francesca, no quarto ao lado. Avançou em silêncio até a porta de casa, destrancada como sempre, e saiu. O jardim arborizado balançava com o vento noturno; folhas secas corriam com o pó, levadas pelo vento rasteiro, e faziam evoluções pelo chão. Tantas noites tivera, noites em que não contava o tempo, e ali cada segundo importava; com energia, impulsionou a cadeira e saiu para o vento no rosto. Enveredou pelo jardim mal iluminado até encontrar as estrelas, perto do despenhadeiro onde, lá embaixo, rugia o oceano: tapete de prata na nesga da lua sobre demônios submersos, diante do qual, à noite, tombava a mais violenta solidão.

Homem que encontra a si mesmo, homem pela última vez. E o que ele viu: Gênova, 1847. O vapor atracando no porto. Anita na amurada, assombrada, surpresa e assustada. Embaixo, três mil pessoas se agitavam no cais; a chegada discreta que Giuseppe pretendera lhe dar se transformara em festa cívica; tremulavam bandeiras italianas e cartazes de "VIVA A ITÁLIA!", "INDIPENDENZA!" e "VIVA GARIBALDI!". Ele não estava lá, mas soube depois. A escada até o chão de pedra: Anita a desembarcar com Catalina e as crianças, em meio a outros passageiros, entre o espanto e a maravilha; Paolo Castellini, acotovelado com os populares, a esperava.

Bem-vinda! Viva Garibaldi! Viva a liberdade! Viva o nosso libertador!, bradava a turba.

Paolo se apresentou a Anita; venha, disse, temos que sair daqui; com ele abrindo caminho, entre vivas e urros, embrenharam-se na multidão. Ela lhe perguntou o que acontecera com o plano de chegarem incógnitos, ao que ele respondeu: senhora, na Itália não existem segredos; todos aqui conhecem seu marido, os italianos são apaixonados, a senhora tem que compreender, ele certamente compreenderá.

Na Itália, Giuseppe era um herói do povo desde a luta ao lado de Mazzini; a condenação à morte e sua luta no exílio só tinham aumentado sua fama. Tornavam-se lendários os feitos da Legião Italiana no Brasil e, sobretudo, no Uruguai. Todos contavam com sua volta para ajudar na guerra; o país se enchia de esperança outra vez.

Subiram em uma charrete e a multidão ficou para trás. Anita encontrava-se com a cidade, emoldurada pelo mar de um azul como o do céu. As casas geminadas, amarelas, verdes e rosa, de paredes descascadas, cobertas de hera, fechavam os quarteirões; calçadas enfeitadas de flores e jardins inesperados adornavam o cortejo. A charrete sacolejava romanticamente pelas ladeiras calçadas de pedra, entre estátuas esculpidas ao sol, molhadas e frescas sob os chafarizes. A casa dos Castellini ficava numa rua estreita, de poucos passantes; o carro parou, com um gemido de ferragens. É aqui, disse Paolo, e saltou da boleia; ajudou Anita a descer e o condutor a retirar as bagagens.

Entraram na casa dos Castellini: a correria das crianças, as bagagens sendo carregadas. Os cômodos eram menores que aqueles aos quais ela se acostumara, mas olhava cada pequeno detalhe, maravilhada: o cravo, encostado a um canto; uma pintura a óleo na parede; a porcelana sobre o aparador. Passeou as mãos pela renda das cortinas e o veludo das poltronas; pingentes refratavam o sol que entrava pela janela: palácios deviam resplandecer assim. Surgiu Nina, mulher de Paolo, olá; Anita cumprimentou, agradeceu e se disse preocupada; com o fim de seu segredo, receava trazer perigo, por causa de seu marido.

Nina a abraçou; agradeço sua preocupação, mas ter vocês conosco é uma honra. Explicou que Gênova inteira estava ao lado da república, da independência, da liberdade. Em toda a Itália, manifestantes saíam às ruas; em Milão, o povo cavava barricadas para lutar. O rei da Sardenha, Carlos Alberto, que iria combater os austríacos na Lombardia, anunciara a nova Constituição italiana, que concedia liberdade de culto: um desafio aberto ao absolutismo papal. A euforia estava no ar; a esse estado de ânimo, expressão da vontade e do orgulho de um povo, tinham dado o nome de *Risorgimento:* a Itália renascia. Todos pediam a presença de Garibaldi, herói da liberdade, e seus camisas-vermelhas. Basta Carlos Alberto declarar suspensa a sentença de morte do teu marido, disse Nina; não temos com que nos preocupar, ao menos aqui.

Sentaram-se. Anita, aliviada e cansada de viagem, tanto tempo no mar, ainda estranhava os pés em terra firme; disse que gostara da cidade, nunca vira nada tão belo. Ah, antes de partir, disse Nina, verá muito mais.

Comprara ingressos para a ópera na noite seguinte. Primeiro, Anita se mostrou relutante; falava mal italiano, receava nada aproveitar. Nem tinha vestido para aquilo: não saberia o que usar. Nina lhe deu uma piscadela de confidência feminina; conheço uma pessoa que pode te ajudar. Quem?, perguntou Anita. E Nina respondeu: eu!

A mulher de Paolo fez tudo para deixá-la mais confortável; levou-a ao quarto, mostrou-lhe seus vestidos e a fez subir em uma cadeira; provou uma peça, e, com agulhas, ajustou-a aqui e ali no corpo de Anita. *Che bella ragazza!*, disse; Anita andou até a sala, experimentando o vestido em movimento; Nina a obrigou a andar de salto; Anita de saída girou, se desequilibrou e quase caiu. Eu nunca usei salto!, reclamou. Vamos desistir, concordou Nina; o vestido já está muito bem; não vamos fazer com que a noite seja inesquecível por causa de um tombo.

Em Caprera, Giuseppe imaginou Anita em traje de gala, bela como nunca, na noite que ele não viu; a moça da laguna, que cuidava dos porcos, que disparava nos soldados imperiais para matar, transformada em princesa. Na noite seguinte, o teatro de Gênova: charretes passando em meio a gente bem-vestida e apressada com seus bilhetes na mão. Na porta do teatro, o cartaz anunciava *Tancredi*, ópera de Rossini; com Paolo e Nina, Anita caminhou meio desajeitada, no vestido emprestado, pelo corredor de acesso, com uma camélia nas mãos; parou diante do camarote que seus anfitriões tinham reservado. Estou fazendo um papelão, disse ela, que enfrentara sozinha o exército imperial, mas receava mimetizar-se com uma plateia requintada. Vamos em frente, disse Nina; se em Anita faltava vontade, ou coragem, funcionou o indicador espetado nas suas costas como uma baioneta, que a obrigou a avançar, aos cutucões.

Entraram no camarote; Anita tinha dali ampla visão das galerias. As cortinas da boca de cena ainda estavam fechadas e as luzes acesas; encostou na balaustrada, curiosa. Avistou embaixo a vasta plateia e, entre o público e o palco, a orquestra; quando surgiu à vista de todos, um burburinho correu o teatro, subiu num crescendo e Anita, alarmada, olhou ao redor. Recuou um passo, gesto instintivo de se esconder, espantada e surpresa por ser reconhecida; suave, mas firme, Nina segurou sua mão: espera.

Levou-a de volta à balaustrada; nesse momento, em ondas, as pessoas se levantaram, até que o teatro inteiro se encontrou em pé; o espetáculo nem havia começado, mas aplaudiram Anita como se uma ária tivesse acabado; ruborizada, ela correu os olhos por toda aquela gente que não conhecia, mas parecia conhecê-la tão bem. Gritos, assobios e urras se misturaram aos aplausos em estrondosa ovação: *Viva Garibaldi! Viva Anita! Viva a liberdade!*

Não sabia o que fazer, trêmula de emoção; num gesto instintivo, atirou do balcão a camélia que levava consigo: a flor caiu suave, pequena retribuição. A plateia deleitada lançava beijos e acenava em profusão; somente os acordes da orquestra aquietaram a todos: quando se abriram as cortinas, Anita sentou, enlevada até um êxtase que lhe fazia palpitar o coração.

*

O veleiro intercontinental Bifronte cortava o mar encapelado do Atlântico; a bordo, setenta camisas-vermelhas, lenço no pescoço, roupas apodrecidas de maresia, descansavam nas redes, jogavam dados ou atiravam facas por diversão. Impaciente, Giuseppe fixava o horizonte, debruçado sobre a amurada; ao lado, Anzani e Sacchi, doentes, sentavam com cobertores no colo; tossiam miseravelmente, vertendo pela boca o sangue dos pulmões.

Recebera as notícias de que os milaneses combatiam os austríacos na Lombardia e o nacionalismo se espalhava. O povo pedia a presença do herói italiano da liberdade, com seus camisas-vermelhas. Carlos Alberto, o mesmo que antes assinara sua sentença de morte, anunciara seu indulto; em Gênova estaria seguro e seria bem-vindo. No entanto, estava inconformado; dos setecentos camisas-vermelhas reunidos na campanha uruguaia, somente aquele punhado de homens seguia com ele à Itália; esquecida do compromisso com a pátria, cedendo às promessas de uma aposentadoria tranquila, sentados sobre as antigas glórias, na última hora a maioria tinha decidido ficar, apesar dos seus apelos.

Mancini e Aguiar procuravam acalmá-lo, mas não havia como dissipar sua vergonha e indignação; na Itália, esperavam a chegada da célebre legião e ele apareceria com um punhado de piratas. Tão logo partimos de Montevidéu, estou certo de que eles com certeza correram a reclamar o prêmio que honradamente concordamos em devolver ao governo uruguaio, disse Sacchi, olhos baços pela febre. É a natureza humana, concordou Anzani; nem todos são como você, Giuseppe: nem todos querem combater para sempre. Preferem salvar a pele, acrescentou Aguiar.

Discutiram. Sim, salvar a pele: por que não? Tinham feito o bastante: salvaram vidas e um país. Não era bastante? Quanto se devia arriscar na vida?

Giuseppe passou da indignação ao mau humor. Ouvindo vocês, me parece que deixaram o coração também em Montevidéu!, disse; o que estão fazendo aqui?

O silêncio pairou no ar um instante; uma onda mais forte balançou o barco, sacudindo a tripulação. Os ares da pátria me farão bem, disse

Sacchi; estou doente e a Itália é um bálsamo. Que péssima hora para vocês ficarem doentes, reclamou Giuseppe, tudo contribuindo para seu estupor; vejam só este barco! Quem foi arrumar um veleiro com um nome desses?

Como marinheiro, zelava por nomes, e não por superstição; implicara com aquele, estava profundamente irritado: *Bifronte!* Onde já se viu, disse; lá tenho eu duas caras? Que vergonha! Chamem o comandante desta porcaria, bradou.

Mancini foi buscar o homem; trouxe à presença do *condottiere* o capitão Gazzolo, meio assustado, estranhando a súbita convocação. Arrume uma lata de tinta, disse Giuseppe, vamos trocar o nome desta embarcação; a partir deste instante, em nome da república italiana, seu barco está confiscado por mim. Incrédulo, Gazzolo perguntou se falava a sério. E o senhor acha que eu estou aqui de brincadeira?, disse Giuseppe, exasperado.

Uma tinta branca cobriu o nome do *Bifronte*; sentado em um banquinho pendurado por cordas, balançando precariamente sobre as ondas que batiam no costado da embarcação, um marinheiro escolhido por saber ler e escrever trabalhou duas horas, brocha na mão direita, ao lado de um balde de tinta, descido por uma corda desde o convés. Meio tremido pelo movimento das vagas, surgiu o novo nome do barco, escolhido por Giuseppe: *Speranza*. Agora está melhor, ele disse, satisfeito.

*

Quando o casco do *Speranza* raspou a pedra do porto, numa noite de bruma, dezenas de botas bateram na madeira da ponte estendida para o desembarque. O estalido de sabres e baionetas metalizou o silêncio noturno; Giuseppe baixou ao cais, de poncho branco e chapéu de copa alta com pena de avestruz. Celebrou em silêncio o fato de pisar novamente o solo italiano; vergando sobre um joelho, agarrou um punhado de terra com a mão e o levou às narinas, inspirando profundamente. Pensou: 1848; há tanto tempo deixei este chão. Atrás dele, erguido sobre a cabeça de seus legionários, desceu um corpo enrolado num cobertor; Sacchi sobrevivera e podia ser medicado, benzendo-se por chegar à terra pátria, mas Anzani desembarcava como um faraó.

Apesar do batismo e do nome alvissareiro, o final do trajeto do *Speranza* tinha sido difícil e lúgubre; tempestades, ventos contrários e o estado de Anzani, que piorou. Tomado da tísica, esquelético e esquálido, cuspia sangue em abundância e pouco a pouco deixou de comer: debalde lhe serviam sopas, em colheradas na boca, como um bebê. Perdeu a energia, a graça, até mesmo a vontade de fazer troça da doença, das dificuldades e tudo o mais; as histórias de guerra de que o lembravam à noite não lhe levantavam mais o moral; perdeu afinal os sentidos e foi da vida à morte sem perceber.

A morte do amigo, que bem poderia ter ficado se tratando em Montevidéu, foi algo que Giuseppe pôs na conta das maiores tragédias; mortes que talvez pudessem ter sido evitadas, sacrifícios em nome, talvez, do orgulho. O próprio Anzani, porém, tinha insistido; diante da renúncia de tantos outros e da vontade de rever seu país, não quis de maneira alguma ficar para trás. Dessa forma, aos olhos de Giuseppe, na morte ele se tornara maior. E, dessa forma, sua ausência doía ainda mais.

Saíram envoltos na neblina intensa; Aguiar, à procura de médico para Sacchi, Mancini, de uma charrete e um esquife de bom tamanho, onde Anzani pudesse caber. Ansioso por ver Anita, Giuseppe partiu em busca da casa dos Castellini; depois de tudo o que viajara, cada simples passo pelas ladeiras de Gênova distava quilômetros. Até que afinal encontrou o endereço; bateu a aldraba na porta e quem abriu foi a própria Anita; esperava aquele instantes há meses. Afogou-o com beijos e abraços: José, afinal! Atrás, estavam Paolo e Nina, impressionados com a bizarra figura do italiano em traje caudilho; boca borrada de beijos de amor, Giuseppe cumprimentou-os e tirou o chapéu.

*

A mesa do jantar: Anita, Paolo e Nina; à direita de Giuseppe ficaram Mancini e, à esquerda, Aguiar. Os demais dormiriam no barco; Sacchi foi levado para outro aposento, depois da visita do médico. Nem começara a guerra e Giuseppe já perdera todo um batalhão; nada, porém, o abatera mais que a baixa de Anzani. A tísica é como os tedescos, lamentou: não perdoa.

Apesar de tantos percalços, Paolo disse que ele e seus homens não podiam ter chegado em hora melhor: os italianos tinham tomado Milão. Contou-lhe os detalhes, que corriam de boca em boca, por todo o país. As tropas austríacas do general Josef Radetzky von Radetz circulavam pela ruas milanesas, entraram em uma via mais estreita, ladeada por edifícios baixos; soldados bem uniformizados, perfeitamente perfilados, marchavam com o espírito germânico, de organização mecânica. Sobre esse exército implacável, as janelas se abriram e choveram pedras e paus. Das ruas vizinhas, estudantes surgiram; atiraram garrafas com líquido inflamável, que explodiram dentro das linhas austríacas.

Rapidamente, os soldados se dividiram em pequenos destacamentos para combater a guerrilha; arrombaram as portas dos edifícios e subiram escadas, em busca dos atacantes dentro das casas; outros saíram em perseguição aos atiradores de bombas caseiras. Quando os rebeldes pareciam perdidos, começaram a fugir; Radetzky dobrou a rua, em seu encalço. Porém, ao virar a primeira esquina, deu com a Guarda Nacional. Na retaguarda, perfilava-se o rei Carlos Alberto, proclamado agora rei da Sardenha e Piemonte, com sua espada de brocado e seus galardões. Os soldados austríacos estacaram; de joelhos, alinhados, dispararam em sequência; mesmo assim, as tropas piemontesas avançaram, até romper as fileiras adversárias; sem outra saída, restou aos austríacos a debandada.

Giuseppe mal tocava a comida; só pensava no que fazer. Precisava de cavalos e comida para seus homens; Paolo lhe garantiu que o comitê republicano de Gênova providenciaria tudo. Maravilhado, Giuseppe sorveu as notícias como néctar. Porém, Carlos Alberto, ainda que italiano, era rei; queria saber onde estavam os republicanos no *Risorgimento*. Em nenhum lugar, ainda, disse Paolo; retornam do exílio, como você; há informações de que Mazzini está a caminho.

Estava claro, os republicanos não se organizariam tão cedo; não era hora de lutar pela república, e sim de expulsar o inimigo em comum. Segurando a mão de Anita sobre a mesa, Giuseppe voltou-se para Mancini; enviariam um mensageiro a Carlos Alberto, precisavam se encontrar. Vamos nos juntar a ele, disse Giuseppe; não podemos nos dividir agora.

Ouviu murmúrios contrariados; Giuseppe, você não está no seu perfeito juízo, disse Mancini; quando Sacchi souber, vai levantar da cama, com termômetro no rabo e tudo, para impedi-lo de fazer essa loucura.

Nesse instante, Anita se levantou. Falou, e, quando falava, magnetizava a todos, incluindo o marido. Eu estou há mais tempo que vocês nesta cidade, nunca vi nada mais bonito, disse ela; não falo das casas, do campo, das obras de arte, e sim do povo, que me recebeu com um coração do tamanho do mundo. Por onde passo, chamam por Garibaldi; vocês não lutam pelo rei ou pela monarquia, vocês lutam pelo povo italiano, não importa ao lado de quem.

Mancini balançou a cabeça. Giuseppe, esta tua mulher nos embaraça, disse; depois que ela fala, parecemos todos uns idiotas. Muito bem, idiotas, disse Giuseppe, divertido; preparem-se para lutar.

O jantar prosseguiu alegre, espíritos elevados, ao tilintar de copos e talheres. A comida fez os expatriados se sentirem em casa outra vez; a pátria está no sangue, na memória familiar, construída por sons, cores, cheiros e, acima de tudo, o paladar. Naquela noite, Giuseppe foi para o quarto com tudo o que pedira para si: a tarefa tão esperada, os poucos, mas fiéis companheiros, com os quais honraria os mortos, e a mulher que havia escolhido. Minha Anita!, exclamou; vê o seu poder de transformação, não apenas sobre mim, como sobre todos os meus homens! E ela respondeu: será suficiente para permitir que eu vá com você?

Ele riu; já esperava por isso. Pediu que fosse a Nice, encontrar-se com a mãe; de Montevidéu lhe mandara uma carta, avisando da chegada da nora. Neste momento, afirmou, é melhor resguardar nossos filhos, é preciso levá-los até lá; por enquanto está tudo bem, mas quando começar a luta, aqui estarão sujeitos a algum mal.

Ela se mostrou contrariada, dizendo que podia se defender; e ele bem sabia o que ela era capaz de fazer. Porém, aquela guerra seria diferente, ele afirmou, muito maior do que aquelas com as quais estavam acostumados. Os austríacos não são o exército imperial do Brasil, ou mesmo os argentinos, disse Giuseppe; são numerosos, organizados, bem equipados, implacáveis; preciso estar certo de que você não corre perigo, caso contrário, não conseguirei me concentrar. Como ficarei tranquila, longe de você?, ela perguntou. Mantenha as crianças em bom lugar, cuide de nossos filhos, e eu estarei sempre vivo, ele respondeu.

Ela baixou a cabeça; diante da vela, começou a se despir; desatou os fios do corpete e deixou a anágua cair ao chão. Os filhos não tinham lhe tirado o corpo esguio; ele se aproximou por trás e a enlaçou pelos ombros; dê por mim um abraço na velha Rosa Raimondi, disse Giuseppe; minha mãe é uma leoa, tem coração genioso, mas cheio de afeto. Lembra que a minha felicidade depende de vocês duas; tão logo seja possível, irei encontrá-las. Acredita em mim? Anita respondeu: quero acreditar. De você, isso é o bastante, disse ele, e virou-a para que pudesse olhá-la de frente: tinham ambos os olhos rasos d'água. Mal matamos a saudade e já pressinto nova despedida, disse ela; temos nos encontrado como amantes, e não como marido e mulher. Não pensa, disse Giuseppe; sempre foi assim, meu amor; deita comigo, mais uma vez, como se não houvesse amanhã.

*

O rio Mincio, afluente esquerdo do Pó, cujas águas terminam no lago de Garda, repousava no seu leito vasto e tranquilo; no amplo vale entre colinas, pontilhado por ciprestes espirais e arbustos debruçados sobre as águas, levantava-se o castelo de Roverbella, torres quadradas de pedra, ao redor das quais as tropas do rei Carlos Alberto estavam estacionadas num acampamento embandeirado. A província de Mântua, a meia distância entre Milão e Veneza, no centro-norte lombardo, era a cabeça de ponte da luta contra os austríacos; quem dominasse o lago de Garda teria nas mãos o coração do país.

O tropel ressoou no piso de pedra do pátio interno quando os camisas-vermelhas entraram; Giuseppe saltou do cavalo, acompanhado somente por Aguiar. Sob o comando do recém-recuperado Sacchi, os homens aguardaram ali, sem desmontar dos cavalos, que bufavam do galope e da agitação.

Pela porta, guarnecida por longas cortinas drapeadas de dourado, um ordenança anunciou "Garibaldi, o corsário"; o rei mandou-o entrar. Giuseppe encontrou Carlos Alberto em uniforme de guerra, atrás de uma mesa de carvalho ricamente esculpida, no salão de pé-‑direito alto. Cenho carregado, o rei o examinou e, mais que ele, o negro que estava ao seu lado, que lhe pareceu ainda mais exótico. Seu silêncio inicial demonstrava que dera o indulto a Giuseppe e seus legionários mais pela pressão popular que por vontade; achava estranhos aqueles italianos que agora usavam poncho e penacho e obedeciam àquele líder barbudo e destemperado. Eis o famoso chefe dos camisas-vermelhas, disse; de pirata a herói! Seria melhor Vossa Majestade dizer que sou um republicano disposto a colaborar com um monarca, respondeu Giuseppe; o rei lhe fez um sinal para sentar e perguntou: a que devemos tal mudança?

Giuseppe acomodou-se na cadeira diante da mesa; Aguiar permaneceu em pé. Explicou que continuava republicano, mas sentia-se no dever de combater ao seu lado, em nome da causa comum, que era a liberdade do povo italiano. Ofereço a mim e meus homens para ajudá-lo a expulsar os austríacos da Lombardia, afirmou; depois, de toda a Itália.

O monarca avaliou aquelas palavras; como posso fiar-me num antigo pirata, chefe de um punhado de proscritos, que seguem apenas você? E quem garante que você seguirá minhas ordens, e não irá usar as armas que eu lhe der pirateando em Veneza? Realmente sou pássaro de bosque, não de gaiola, disse Giuseppe; mas não somos proscritos, muito menos piratas; somos guerreiros forjados em batalha, e não viemos aqui como mercenários; somos patriotas e repatriados; como razão, isso deveria bastar. Por toda parte, nosso nome é falado. Somos poucos, é verdade, mas para os italianos nos tornamos um símbolo de força; por experiência, posso assegurar que isso conta, e muito.

As pernas da cadeira do rei arranharam o piso do salão quando ele se levantou; mãos postas atrás, ponderou: sim, eu o perdoei, suspendi a sentença de morte, em função do clamor popular; daí, porém, a usá-lo em combate... Temo sua iniciativa, e muito mais suas ambições; um exército serve ao povo, mas o povo serve seu futuro senhor. Servi ao Uruguai, sem tomá-lo para mim, disse Giuseppe. Seguiu-se o silêncio; Carlos Alberto por fim ergueu os olhos; vou pensar, direi depois.

Para Giuseppe, aquele suspense já era uma resposta; viu nele a malícia do político e a má vontade do rei. Sua pequena tropa em nada acrescentava a um exército organizado e seu interlocutor não via um bem em deixar crescer a fama de um herói republicano, que poderia lhe causar problemas depois.

Não pense demais, disse Giuseppe a Carlos Alberto; na guerra, as balas chegam antes das ideias. Levantou-se com uma mesura, mas sem se curvar; de cabeça levantada como havia entrado, ele se retirou.

No pátio, seus homens esperavam; Sacchi lhe entregou o cavalo para montar. E então?, perguntou. Disse que somos corsários, respondeu Giuseppe, sem se inflamar. Não é possível!, disse Sacchi. Creio que quer nos manter à distância, afirmou Giuseppe; concedeu-nos o indulto menos por vontade própria que para diminuir a pressão e conquistar popularidade. Viemos aqui só para perder tempo, interveio Aguiar. Mancini se adiantou, dizendo, eu também não confiaria num bando como este nosso. Olharam todos para ele, com ar reprovador; sob o olhar de cimitarra de Aguiar, Mancini acrescentou: ainda por cima com um sujeito tenebroso como a noite. E riu.

A política é odiosa, disse Sacchi; o que faremos?

Nada, respondeu Giuseppe; pelo menos até encontrar Mazzini.

*

Vista do alto, Milão era um presépio; todas as luzes estavam acesas para recebê-los. Os camisas-vermelhas avançaram pela cidade, montados, com as lanças enfeitadas de flâmulas tricolores; um estandarte levava ao mesmo tempo a bandeira da Itália e a bandeira negra de Montevidéu. Giuseppe e seus homens passaram pelas barricadas com os soldados da Guarda Nacional lançando vivas ao ar. Seguiram lentamente entre os edifícios, janelas se abrindo, gente que aplaudia, debruçada sobre o peitoral; lançavam papel picado, acenavam com bandeiras da Itália, gritavam seu nome; nem bem começara a guerra e ele já fazia sua entrada triunfal.

O palacete de pedra, herança medieval, com seu vasto salão: apenas a luz de um lampião sobre uma mesa comprida, que iluminava Mazzini, numa cadeira de espaldar alto. Ao se aproximar, Giuseppe divisou o semblante austero do líder republicano; o destino nos reserva boas surpresas, meu bom Giuseppe, disse ele; quem apostaria estarmos de volta aqui, catorze anos depois? Você não mudou, respondeu Giuseppe. E Mazzini: posso dizer o mesmo de você?

Na república não havia a cerimônia das realezas; sem pedir licença, Giuseppe puxou uma cadeira. Estava cansado, mas não de cavalgar; encontrar os políticos, gastar com eles tantas palavras, navegar naquele seu círculo de tautologias o enfarava. Homens envenenados pela política deixam de acreditar nas boas intenções; querem ver sempre segundos motivos por trás de qualquer ação, porque se acostumam tanto a viver assim que já não sabem realmente onde está a verdade; não sabem mais sequer quem são, máscaras sobre máscaras, dúvidas sobre dúvidas. Isso lhes tira o discernimento, a razão e, por fim, o poder.

Já lutamos juntos e perdemos juntos, disse Giuseppe, mas eu te servi. Sim, disse Mazzini, naquele tempo eu o conduzia, mas agora o chamam de *condottiere*. A quem você obedecerá? Aos ideais da liberdade, respondeu Giuseppe, enfastiado: esperava a desconfiança do rei, mas do líder republicano, não. Eu ainda sou homem de armas, não da política, acrescentou; você poderá usar minha espada a seu favor, ou não.

O mentor intelectual da república, ideólogo e líder inspirador que associara aquela luta à causa da liberdade, discorreu sobre as qualidades do exército austríaco e do general Radetzky, militar brilhante, com mais de vinte mil homens à disposição; questionou o que Giuseppe poderia fazer com seu grupamento de bandoleiros. Algo, respondeu Giuseppe, se estiver com a sua Guarda Nacional. Mas ela já tem comandante, disse Mazzini; você se subordinará?

Giuseppe se levantou; viu aonde a conversa iria chegar. Bem fizera em mandar Anita e os filhos a Nice; entre os aliados, agora só via inimigos. Sabia, porém, com quem podia contar. Criarei então meu próprio exército, disse. Como?, perguntou Mazzini. Com o povo, nas ruas, ele respondeu; espalharemos cartazes convocando voluntários para se juntar aos camisas-vermelhas.

Mazzini levantou-se, olhos de águia; contornou a mesa e o cumprimentou. Meu caro Giuseppe, ninguém te impedirá, disse; agradeço você ter vindo aqui, mas não era necessário. Talvez um dia você precise pedir que eu venha até você, retrucou Giuseppe.

Sacchi e Mancini ficaram tão surpresos e desgostosos quanto Giuseppe com o resultado daquela conversa; a Itália não estava apenas dividida em seu território; dividia-se entre homens e ideias, embora o povo quisesse uma coisa só: liberdade. Foi nisso que Giuseppe apostou; logo, cartazes nas ruas convocavam o povo de Milão a se unir a ele. Instalou mesas na rua e uma fila se formou na frente, dobrando quarteirões. Dez camisas-vermelhas receberam os voluntários; teremos mil homens, estimou Aguiar.

Não havia roupas para todos, nem armas; Giuseppe pretendia tomá-las do inimigo. Sacchi observou que nenhum daqueles homens tinha experiência de combate; eram padeiros, artesãos, trabalhadores braçais; pais de família, solteiros sem trabalho, e até filhos das melhores famílias de Milão. Estudaram em ótimos colégios, disse Sacchi, mas nunca atiraram sequer em um passarinho. Lutam pela pátria, pela liberdade e pelas suas famílias, assegurou Giuseppe; não há guerreiro mais valioso, mais destemido, mais capaz. Olhou para Sacchi, estranhando seu silêncio; acha que sou louco, não é?, disse Giuseppe. Se você é louco, *amico mio*, gostaria de ser louco como você. Terá que ser louco, caro Sacchi: este será o seu batalhão. Vamos chamá-lo de Anzani.

Em Caprera, rodando pela casa em seu triciclo, Giuseppe sorria em silêncio, pensando que fizera uma guerra própria, ou paralela. Deixou Carlos Alberto com seus soldados e Mazzini com seus pensamentos; com ajuda dos homens trazidos do Brasil, treinou os italianos para lutar. Conseguiu para eles cavalos e armas e surgiram três frentes de combate, independentes, forças divididas contra o mesmo inimigo. No lago de Como, lutaram os camisas-vermelhas; em Brescia, a Guarda Nacional; os sardos de Carlos Alberto se bateram com os austríacos em Custoza, combate que selou o seu fim. À frente de um exército de vinte e sete mil soldados e sessenta canhões, o general Radetzky massacrou os homens do monarca italiano e passeou entre os mortos; em poucos dias, as tropas austríacas avançaram até as portas de Milão.

O acampamento austríaco, a seis milhas da cidade: para lá foi o general Pietro Roselli, com dois parlamentares, encontrar Radetzky; o general austríaco o recebeu em sua barraca de campanha. Roselli disse que Carlos Alberto, refugiado no Palazzo Greppi, se dispunha a um armistício; Radetzky só não sorriu porque austríacos não sabiam sorrir. Não está em posição de pedir armistício quem já capitulou, disse o general. Permitirei que Carlos Alberto se retire da cidade com seus homens e garanto que a cidade será poupada se abrirem as portas à ocupação; caso contrário, arrancarei a cabeça de homem após homem, até chegar à que estiver coroada, avisou.

O homem que rejeitara a ajuda de Giuseppe saiu de Milão de cabeça baixa; seguido pelo que lhe restava do exército, foi vaiado pelos populares, que o chamavam de covarde, indigno e traidor. Para Giuseppe, não havia nada pior numa guerra que a soberba, mãe de todos os erros; já havia posto a perder muitos generais que confundiam coragem com presunção ou altivez.

Ele mesmo só soube daquela derrota muito depois; naquele momento, não estava em posição muito melhor. Com oitenta homens restantes do antigo batalhão, depois de duros combates, lutava no meio dos bosques, como um guerrilheiro; no lago Maggiore, sobraram vinte e nove depois de enfrentarem setecentos austríacos; a carga dos fuzis faiscava na noite enquanto eles voltavam a se internar na mata, ocultando-se entre arbustos. Não tinham mais o que fazer; abraçaram-se com votos de boa sorte e se espalharam para confundir os perseguidores.

Giuseppe seguiu ao lado de Sacchi; margearam o lago com água pelos joelhos, no meio de um juncal. Divisaram um pequeno porto, onde os austríacos guardavam um barco de reconhecimento; esperaram pela madrugada e atacaram as sentinelas de surpresa, passando-as a fio de espada. Sequestraram o barco, largando em silêncio, para cruzar o lago Maggiore nas brumas. À diferença do rei enxotado, segundo recordou Giuseppe, pelo menos escaparam da morte lutando, sem se entregar.

*

O tempo, o transe, os dias de que, por cansaço, quase nem lembramos mais. Tarde da noite, a porta da casa de Rosa, em Nice, ecoou batidas arrastadas. Ela e Anita vieram atender; deram com Giuseppe mal parado em pé, esfarrapado e faminto. Meu filho!, disse a mãe, depois de algum esforço; Rosa quase não o havia reconhecido. Ele se lançou sobre as duas mulheres, que abarcou num único abraço. Elas choraram, torrente de emoções desencontradas, entre a alegria e o alívio; os jornais o davam como morto, disse Anita. Mas era ele que as matava: de susto.

Estava, de fato, quase morto, ou melhor, fantasmagórico: pálido, sujo, exausto. Tiritava de febre debaixo da camisa empapada, que exalava suores mefíticos. Anita o puxou, vem para dentro, José, o que tu tens?

Em Roverbella apanhara malária, doença com que teria de conviver por toda a vida; os ataques passavam sozinhos, não havia o que fazer. Sentaram-no em uma cadeira na cozinha; Rosa trouxe água e pão. Giuseppe bebeu a água e devorou o pão rasgando-o com os dentes, feito um cão. Possuía um único objeto, além da espada: uma bandeira da Itália, furada por um canhão. Depois de escapar pelo lago Maggiore, fui preso em Lugano, disse, mas escapei. Tentara voltar a Milão para recuperar a cidade, mas Carlos Alberto já a tinha abandonado, era tarde demais.

Fugira a pé, pelos Alpes; escondera-se na Suíça, antes de ir para Nice; há dias não dormia nem comia direito, caminhando longe de estradas, contornando a beira dos grandes penhascos de Vernaglia, assolado pelo vento, evitando qualquer cidade, qualquer ser humano que pudesse encontrar. Mastigou o pão mais devagar; a energia aos poucos retornava.

As crianças dormiam; quis vê-las, trucidado pela saudade. O quarto, à noite: Menotti se tornara quase um rapaz; Ricciotti estava muito mudado, acreditava ele, levando as feições da mãe; Teresita ficara tão bela que seu coração desmanchou. As pernas fraquejaram; as duas mulheres tiveram de ampará-lo para chegar à cama. No mesmo quarto onde vivera em criança, despediu-se da mãe; Anita lavou com panos quentes seu corpo febril e o colocou sob as cobertas; tirando a própria roupa, sobre ele se deitou; vou esquentá-lo, avisou.

Mesmo em delírio, Giuseppe sentiu algo diferente na mulher; passou a mão em seu ventre, mais saliente do que se lembrava; ela mostrou os dentes brancos e veio aquela expressão que ele conhecia tão bem; espero mais um filho teu, disse ela, só com a tua prole farás um batalhão.

Mal houve tempo para o beijo; Giuseppe desmaiou de cansaço; entregou-se ao corpo confortador da mulher, os lençóis perfumados de casa, os mastros dos barcos balançando lá fora, tudo o que lhe era tão familiar. Em sonhos desencontrados, surgiam ora paraísos de areia branca, mar esverdeado com palmeiras brasileiras e crianças a brincar, ora estradas tingidas de sangue, corpos jogados em carroças, ladeiras cobertas de mortos e charcos nauseabundos. Paraíso e inferno se alternavam, num jogo entre a sanidade e o delírio, até que afinal descansou: um sono sem sonhos, pensamentos, alegrias ou sofrimentos, sem nada; o mais perto que se pode chegar da própria morte. Acordou refeito, sem tremedeira, com a luz da manhã entrando pela cortina diáfana, brilho e calor.

Anita não estava mais lá; era a mãe que o acompanhava, sentada em uma antiga poltrona, a observar; como é bom te ver outra vez, meu filho, disse. Você ainda dorme esse sono de anjos, o mesmo de quando era somente um bebê.

A mãe: dura, autoritária, impositiva; talvez por causa dela fosse assim, alteado, entrão, irascível; talvez contra ela tivesse buscado a liberdade e saído de casa quase a fugir, escapando do controle materno, daquele amor opressivo que, se pudesse, tudo iria tolher. Comandante de um exército, esperança de um país, diante de Rosa ele ainda se sentia menino, intimidado, amedrontado com o que ela podia dizer.

Giuseppe perguntou de Anita, da vida com os netos, da experiência de estarem ali juntos; Rosa baixou a cabeça, desculpando-se por maus pensamentos; as crianças são criaturinhas de Deus, adoráveis, meu filho; mas... Ele riu: já sabia o que estaria por vir. Mas... Você me mandou aqui uma negra selvagem com seus negrinhos; nem sei o que lhe dizer.

Para a mãe, o pior tinha sido o casamento com uma mulher já casada, inválido diante dos homens; o que dizer, então, de Deus. O amor pode não servir como documento para os homens, ou para Deus, disse Giuseppe; para mim, vale. Sempre foi inútil fazê-la aceitar meus desejos e decisões, mãe, e receio que elas hoje a ponham em risco. Vocês duas são o que de melhor tenho no mundo e precisam se unir. Deixarei aqui alguns homens para protegê-las; não há um instante a perder, preciso partir.

Nesse instante, Anita surgiu pela porta, em tempo de ouvir a última frase; trazia um bule de chá e quase o entornou sobre si. José, mas você mal chegou! Partir para onde?

Roma, respondeu ele; o papa havia fugido, depois do assassinato de seu primeiro-ministro; pedira asilo em Nápoles: receava o levante da população. Tinha sido proclamada a República Romana; todos os remanescentes da luta contra os austríacos se reagrupariam na antiga capital do império.

A mãe protestou; ele mal descansara. Anita mandou-o comer. E, decidida, antes que ele dissesse algo, afirmou, apontando-lhe o dedo como uma faca; eu vou com você!

Daquela vez, foi mais difícil convencê-la; Giuseppe usou para isso a gravidez; ainda mais agora, disse ele, você tem de esperar aqui. A mãe o ajudou, dizendo que Anita tinha de parir primeiro, antes de partir.

Ela se crispou de contrariedade; você não sabe o quanto tenho esperado; não foi isso o que combinamos, José; era certo que eu estaria com você. Ainda teremos todo o tempo do mundo, Anita!, ele disse. Sim, mas quando será?

Naquele mesmo dia, Giuseppe viu os filhos, a quem levou à praia para brincar; mostrou sua espada a Menotti e ao pequeno Ricciotti, tocando-os no ombro com a lâmina, como os antigos reis medievais constituíam seus cavaleiros. Levou Teresita no colo, deixou-se puxar pela barba, e por alguns momentos esqueceu tudo; Anita o acompanhava, mortificada; não via sentido na felicidade se fosse apenas aqueles momentos, oásis entre tantos temores, distâncias e horrores que lhe destroçavam o coração.

*

O embarque no pequeno veleiro, no porto, diante de casa; a água cortada pela quilha, a risca do leme se diluindo na distância. Anita ao longe, ereta sobre o píer, cercada pelas crianças, o ventre um pouco saliente sob a blusa rendada, a acenar. Uma despedida silenciosa, e Giuseppe soprou ao vento, estarás sempre comigo.

Partiu, mas deixou as coisas incertas; a casa, guardada por Felice Orrigoni, camisa-vermelha de sua confiança, não era a mesma; a antipatia da sogra crescia, e Anita, incomodada, alimentava o desejo de sair dali.

No começo, Giuseppe achara boa a ideia de Anita ficar com Rosa; mesmo para aqueles que mudam com o vento, é bom saber que algum lugar nunca muda. O porto de Giuseppe era Nice e enviá-la para lá a faria conhecer sua história e estar cercada de amor. Ele acreditou que a presença dos netos faria sua mãe adoçar também com Anita; avós são pais que têm uma segunda oportunidade de ser melhores. Anita, no entanto, encontrara a Rosa de sempre, ou a mesma Rosa, piorada: a mulher que não entendera os anos de ausência do filho, seu espírito guerreiro, em nome de ideais que ela não conseguia enxergar. Dessa forma, não podia entender também a mulher que ele havia escolhido, com um temperamento igual ao do filho, o gênio que o mantivera sempre longe dali, abandonando-a à morte precoce da solidão.

Anita também logo compreendeu que Rosa acolhera as crianças, mas aquela família morena para ela representava somente o resultado do errático caminho do filho, tomado à sua revelia. Ao mesmo tempo que percebia na sogra um amor grandioso, verdadeiro e eloquente, a um extremo que só os italianos sabem sentir, Anita só lhe aumentou o desgosto com as histórias que orgulhosamente foi lhe contar. Rejeitava até o nome que Anita dera ao filho em terra estrangeira; Giuseppe não era José, e nem mesmo Giuseppe; era o seu Pepino, que tinha inclinação para ajudar os outros, dizia Rosa, sempre cheio de ilusão; um bom menino, mas perdido, fantasioso, que, adulto, havia transformado a guerra em diversão.

Quando Giuseppe se foi, Anita concluiu que não podia ficar ali por mais tempo, apesar dos pedidos do marido. Foi surpreendida por um envelope com dinheiro, supostamente de Giuseppe, e uma carta do rei Carlos Alberto, oferecendo escola para o filho Menotti, que reforçaram sua decisão. Em vez de alegrar-se, não dormiu à noite, desconfiada; descobriu como se transformara num alvo fixo e visível demais. Era tempo de guerra e a casa de Rosa seria o primeiro lugar em que os tedescos ou o próprio Carlos Alberto iriam procurá-los, caso Giuseppe e os republicanos se tornassem inconvenientes ou dispensáveis. Ali, justamente, é que não podia ficar.

Levou as crianças para os Deidery, a quem conhecera nos seus primeiros dias em Nice; a casa simples do pescador, próxima à praia, no mesmo lugar onde seu marido lhe dissera que aprendera a nadar. Giuseppe Deidery zarpava pelas manhãs para voltar à tarde em seu pesqueiro, e Anita conversava com sua mulher na cozinha, enquanto as crianças brincavam do lado de fora, Felice a vigiar. Entre gente simples, sem o preconceito da sogra, nem o ciúme mortal da mãe dominadora, sentia-se mais à vontade.

Explicou à senhora Deidery sua decisão de partir; pediu que acolhesse seus filhos enquanto estivesse fora; não via melhor lugar, com gente tão boa. Ninguém saberia que as crianças eram de Giuseppe, nem teriam motivos para investigar. Foi tão comovente que, ainda que não se tratasse dos filhos do grande *condottiere*, a senhora Deidery não teria sabido recusar. Muito obrigada, disse Anita, José ficaria muito feliz de saber que seus filhos estarão crescendo aqui; se Deus quiser tudo sairá bem e voltaremos para recompensá-los. Dona Anita, não há o que agradecer, nem recompensar, disse a mulher do pescador; todos nós queremos de alguma forma colaborar; acredite que aqui eles serão como nossos filhos e ninguém saberá.

Anita despediu-se de Rosa, sem muito explicar; disse à sogra apenas que seguiria para Roma com Felice, ao encontro do marido. Rosa achou aquela atitude mais uma prova de que a nora era destemperada como Giuseppe. Não poderia deixar de fazer objeção; o perigo de uma viagem tão dura num país ocupado, passando por território em guerra onde Giuseppe tinha a cabeça a prêmio, e levando uma criança no ventre, lhe pareceu demais. As crianças estarão bem, mas é melhor que a senhora não saiba onde se encontram, garantiu Anita;

quanto ao bebê, por enquanto ainda é parte de mim; então, terá de ir aonde eu vou.

Preparativos de partida: Anita necessitava de uma muda de roupa e nada mais. Com Felice, fez uma última visita aos filhos; a Menotti, que era o maior, explicou o que podia explicar. Como pode uma mãe olhar os filhos que vai deixar, sem saber quando ou mesmo se um dia irá voltar? O que pensariam dela se não voltasse? Como escolher entre a vontade de ir e a de ficar?

Desde a chegada a Montevidéu, Anita abrira mão de estar com Giuseppe, pelas crianças; não era a vida de Giuseppe, mas a sua própria vida que tinha interrompido; acreditava nas mesmas causas, dependia daquela liberdade tanto quanto ele, e da sua companhia, da proximidade do amor; sentia falta do ar das campinas, da luta, do sonho. Atravessara aqueles últimos anos rodeada pelos filhos, e só o chamado instintivo da maternidade a fizera resistir: o cuidado com aqueles seres preciosos que primeiro cabiam em sua mão; o cheiro de leite, de infância tenra, o toque da boca no seio na amamentação; o primeiro riso, as primeiras palavras, os primeiros passos, que ela conduziu com as próprias mãos.

Dera conta de tudo sem o marido, o seu José; fora pai e mãe, cuidara das crianças por ambos. A única coisa insubstituível é a presença; lamentava que o marido tivesse perdido os melhores anos da infância dos filhos, em que se tem de novo diante dos olhos a mais pura inocência, a brincadeira, o tempo feliz. Esse tempo ela ganhara; entregara à maternidade seu amor, seu corpo, sua alma; ainda que fosse para fazer desse período apenas saudade, um dia, e talvez uma tristeza.

Um dia os filhos sempre se afastam dos pais, para levarem suas vidas, ou por circunstâncias de força maior; cedo ou tarde, há uma separação, dolorosa para ambos os lados; para Anita e as crianças, ainda que cedo, essa hora chegara. Pedir que eles jamais mencionassem seus verdadeiros pais foi o mais duro. Mesmo que seus filhos um dia pouco ou nada se lembrassem dela, que achassem que aqueles pescadores eram de fato seus pais, Anita contava que eles pudessem evocar sua memória, por um cheiro, um gosto, uma lembrança qualquer. Queria que os filhos, olhando uns aos outros, com feições que eram de Giuseppe e também dela, reconhecessem de onde vieram. E não teriam medo, ou pena, saudade, nem dor: teriam orgulho.

Por mais convencida que estivesse, a partida foi sofrida; Anita se ajoelhou diante de cada criança; com o polegar, assinalou uma cruz na testa de cada um, beijou-os, apertou-os no colo, a retardar o mais que podia o momento final. Olhava cada rosto, os olhos, os lábios, bochechas; tinha medo de um dia esquecer suas feições. Estar sem eles era extirpar algo do seu coração; eu voltarei, prometeu, com a força da esperança; e trarei a vocês mais um irmão.

Menotti, como o mais velho, não chorou; ou melhor, engoliu o choro; queria já se mostrar homenzinho, responsável, um futuro general. Teresita e Ricciotti, se entenderam algo, afastaram-se para voltar a brincar; o importante era que não dissessem a ninguém alguma coisa sobre seus pais.

Anita deixou a casa dos Deidery de coração destroçado, mais determinada que nunca a juntar todas as energias para retornar logo e ver o sonhado final: um país livre, a família reunida, um mundo em que para se ter liberdade e gozar a vida plenamente não era preciso deixar para trás o fruto da própria carne, nem lutar, nem matar.

Amaldiçoou a natureza humana, egoísta, insensata e atroz; para combater a bestialidade do homem, o bem toma o mesmo molde do mal; a defesa da civilidade se dá com a mesma selvageria. Seria mais fácil os homens se espelharem nas crianças: nelas estava a resposta, a sabedoria que tanto se procura; fazemos da existência uma enorme e sofrida elipse para concluir que é necessário voltar ao primordial.

Do dinheiro que tinha, deixou quase tudo para as crianças; tirou dele apenas o suficiente para comprar um bilhete no vapor com destino a Livorno; viajaria com nome falso, e de lá seguiria a Roma por terra. Anita partiu com Felice numa noite sem lua; ao sair do porto de Nice, sentiu um calafrio; a imensidão do oceano ainda a deixava assombrada. Em Caprera, Giuseppe pensava na mulher deixando os filhos, as luzes da cidade cada vez mais longe, até tudo desaparecer na escuridão; o horizonte negro dos vagalhões, o marulho, os remos batendo n'água. Para afastar maus pensamentos, como Anita lhe contaria depois, ela conversava em voz alta, não com Felice, e sim com o filho, que ainda não tinha nascido, mas, segundo acreditava, podia escutar.

O futuro estava nela, a confortava, fazia acreditar.

*

O sol lançava uma cortina luminosa sobre as muralhas que ainda cercavam a antiga cidade dos césares; sombras se projetavam dos ângulos arruinados sobre a multidão regurgitando nas portas de entrada. Nova Meca da liberdade: mais uma vez, como no passado glorioso, todos se dirigiam para lá, onde se respirava o inebriante sentimento de estar novamente na Itália. Roma, na euforia coletiva de liberdade onde vicejam os ideais, os espíritos e os vendilhões, sua esteira mundana, seguidores da multidão.

No meio da turba, poncho amarelecido de pó e gasto por tantas jornadas, Giuseppe surgiu no cavalo branco, presente de um fazendeiro, ao saber da sua identidade e destinação; a multidão se abria à sua passagem, mar humano diante do profeta, murmurando seu assombro diante do homem redivivo, prodigioso, trazendo na bainha o sabre vingador.

Não entrava na cidade para confraternizar; sabia que a liberdade, cedo ou tarde, talvez mais cedo do que todos desejavam, precisaria ser defendida; o preço daquela felicidade seria alto, e, para mantê-la, todos pagariam. Dirigiu-se incontinente à Assembleia Legislativa, onde se reuniam os deputados da recém-criada República de Roma. Não tinha se candidatado a nada: o povo o elegera espontaneamente, mesmo na sua ausência, ainda que muitos já o acreditassem morto. Entrou no recinto semicircular, segundo o costume do Senado romano, onde já se postava o segundo triunvirato que governava a recém-nascida república: Mazzini, seu braço direito Aurelio Saffi e o general Roselli.

Mazzini discursava sobre as providências a serem tomadas; a mais importante, aumentar as defesas, diante da guerra iminente. Atendendo ao papa Pio XI, que invocara as forças católicas de todo o mundo para retomar o lugar onde Pedro assentara sua pedra basilar, forças francesas se juntavam aos austríacos e lombardos; segundo se dizia, formavam um exército de 40 mil homens, sob o comando do general Oudinot. O burburinho cresceu na retaguarda do plenário; todos olharam para trás. Exclamações estalaram quando Giuseppe se aproximou; também os parlamentares lhe abriram caminho até a mesa diretora.

Aí está o senhor Garibaldi, disse Mazzini; a paz acabou, ainda antes de o inimigo chegar! Fui surpreendido com o fato de que os cidadãos de Roma me elegeram deputado, respondeu Giuseppe; vim ocupar o meu lugar! Ao contrário do ditado, o povo nem sempre sabe o que faz, disse Mazzini, e ouviram-se alguns risos no plenário. Os senhores não estarão rindo quando chegarem os franceses!, disse Giuseppe; acho que o povo sabe disso, mais do que todos aqui.

Sentou na primeira fileira, abrindo um clarão entre os parlamentares, que dele não ousavam se aproximar, como de um santo, ou talvez um demônio. Imagino que veio aqui pedir homens e armas, disse Mazzini. É com isso que se fazem as guerras, disse Giuseppe; ou os senhores acham que vencerão o inimigo sentados neste palácio?

Dessa vez, ecoaram gritos a favor de Giuseppe: Apoiado! Viva Garibaldi! Ele se manteve impassível; já havia provado o bastante àqueles homens que antes não lhe tinham dado nada; agora eles sabiam que precisavam dele. A sua disposição de luta não deu melhores resultados no lago de Como, nem em Milão, disse Mazzini. Se o rei Carlos Alberto tivesse aceitado meus préstimos e ouvido meus conselhos, talvez Milão não tivesse caído e o general Roselli, que aí está, jamais teria sido obrigado a negociar a rendição. Eis um erro didático, para que esta Assembleia não o cometa outra vez. Os franceses estão vindo! Quero homens e armas!

A Assembleia tumultuava-se; gritos desencontrados mostravam a divisão de opiniões; Mazzini olhou seus pares, contrariado; seria difícil deixar Garibaldi sem nada. O homem mais adequado para responder aos seus anseios está aqui ao meu lado, ele afirmou, apontando com o queixo o general Roselli; como chefe das forças militares da República Romana, e membro deste triunvirato que a governa, cabe a ele lhe designar uma missão.

Os olhos recaíram sobre Roselli; o silêncio do general elevou a expectativa. Sabemos que uma coluna de franceses se aproxima de Rieti, disse, por fim, o militar; podemos colocá-lo no comando do batalhão de mil homens que está sendo destacado para defendê-la.

Mazzini balbuciou algo em aprovação; sangue quente, Giuseppe mal o ouviu. Certamente já havia negociado com Roselli um modo de livrar-se dele, mandando-o para longe dali. Roma, o próprio coração da república que acaba de nascer, está em perigo!, exclamou Giuseppe. Vocês não podem me enviar a Rieti!

Como presidente da mesa, Mazzini dava a palavra final; não podemos menosprezar Rieti, disse; se os franceses não forem detidos lá, a pressão sobre Roma aumentará. O senhor terá 1.200 homens de verdade, infantaria e cavalaria, com fuzis e canhões. E dessa vez poderá se considerar oficialmente o comandante de um exército organizado da República.

Murmúrios de aprovação se espalharam pela Assembleia; Giuseppe, porém, sabia que não havia como defender Rieti de 40 mil inimigos. As forças deviam se concentrar na capital; daquela maneira, mandavam-no diretamente para a morte. O rei Carlos Alberto quis me manter afastado de Milão, afirmou, talvez por temor a mim, e capitulou, sem que eu pudesse ajudá-lo. Espero que não aconteça o mesmo com Roma, acrescentou, com um travo amargo. O senhor não é o único patriota italiano, respondeu Roselli; faça a sua parte, que faremos a nossa. A guerra separa os patriotas, general, disse Giuseppe; eu sou a parte deles que nunca caiu.

Levantou-se. Num relance, avaliou a Assembleia; não seria capaz de expressar todo seu desprezo por aquele bando de corvos. Ainda assim, aceitou os homens oferecidos por Roselli, sem dizer o que realmente pensava: usaria Rieti como campo de treinamento para o combate. Arrastando o sabre escada acima, retirou-se.

Eles tinham razão em ter medo dele; acreditavam que não seguiria a hierarquia militar, porque aprendera a fazer o que tinha de ser feito, sem esperar ordens de ninguém; guiava-se pelo instinto do caudilho, não pelas ordens de generais formados na academia. Sua estratégia mudava no campo de luta; esperar a decisão de um superior era a diferença entre a vida e a morte, não só para ele como para todos os seus soldados.

Ao sair da Assembleia, iluminou-se: com Aguiar, encontrou à sua espera Mancini e Sacchi. A notícia de sua chegada correra a cidade; como eles, muitos de seus homens dispersos nas lutas do norte tinham se encaminhado a Roma, para ver a república, na esperança do reencontro. Enquanto ele viajava para Nice, tinham juntado duzentos homens, segundo Sacchi; os camisas-vermelhas estavam prontos para o combate. Giuseppe abraçou seus camaradas em armas; reúnam então os homens, disse, partimos imediatamente para Rieti. Tomaram um susto. Rieti?, perguntou Mancini, sem entender. Giuseppe riu; é a política, meu velho amigo.

Apesar da consternação dos companheiros, conseguiu mobilizá-los; que confiassem nele, Rieti era apenas o primeiro passo. Giuseppe enviou Aguiar com três cavaleiros na vanguarda, para colher informações sobre o avanço do inimigo; precisava saber quanto tempo teria e se organizar. Recebeu os homens de Roselli, soldados sujos e esfarrapados, pouco treinados e inexperientes em combate; faria daquilo algo melhor.

Dirigiu-se para Rieti; a alegria do reencontro com todos, mais os novos companheiros de jornada, foi contrabalançada por certo pesar: como Giuseppe, entendiam todos que a república estava em Roma, lá teriam desejado ficar. Marcharam para nordeste, até a planície aos pés dos montes Apeninos, onde ficava a cidade, central no mapa italiano; quem viesse do norte, inevitavelmente, teria de passar por ali.

Rieti: o casario de tijolos, o proeminente campanário românico da catedral, as águas azuis do Velino, sobre as quais ainda se estendiam as antigas pontes em arco do velho império. Na chegada, Giuseppe mandou montar acampamento às portas da cidade; a cavalo, com Sacchi, passou em revista a tropa; aqueles soldados em posição de sentido eram o que de pior Roselli tinha para lhe oferecer, e possivelmente sabiam disso, mas exibiam o orgulho de estar sob seu comando.

Vocês agora são camisas-vermelhas!, bradou ele, sustendo o cavalo levemente nas patas traseiras; não importa por que o general Roselli os mandou para mim; agora, vocês não são mais a escória do exército romano; são a Itália e vão provar seu verdadeiro valor!

Ouviu brados de vitória, urras, seu nome gritado em retumbante uníssono; 1.200 homens era muito menos do que ele precisava, mas ele também sabia que uma legião com bravos de verdade podia valer mais que um exército inteiro; seria como os espartanos nas Termópilas. Precisavam, acima de tudo, de gana, palavra que ele aprendera dos castelhanos no pampa, sem paralelo em outra língua: vontade, resistência, persistência, coragem, sede de vitória, o espírito de quem nunca se entrega, aquilo de que mais se precisa para combater. E ele lhes daria isto: gana de vencer.

De volta naquela noite, Aguiar entrou na casa oferecida por um simpatizante da república, onde Giuseppe instalou seu quartel-general. Disse que franceses, austríacos e lombardos se aproximavam; confirmou 40 mil soldados, uniformizados, armados e treinados. Giuseppe encarou Sacchi, a dizer que já previra aquilo; chegou aquela hora em que mesmo os indesejados passam a ser desejados, afirmou. Devíamos deixar Mazzini e Roselli resolverem tudo sozinhos, disse Sacchi; eles não disseram que Rieti era muito importante?

Opiniões divergiam; Mancini achava que tinham de partir imediatamente; eles ali em Rieti estariam perdidos, e Roma, sem eles, também. Aguiar concordou; siô, dessa vez é muita gente do outro lado, disse. Nunca tive 1.200 homens armados, Giuseppe afirmou; com eles, me sinto invencível. E anunciou sua decisão, há muito tempo pensada: senhores, aqui somos inúteis, é Roma que está em perigo! Vamos voltar!

Voltaram: a ida a Rieti foi como um exercício militar. Não podiam dizer que Giuseppe deixara de cumprir ordens; diante da situação, apenas resolvera que retroceder era o melhor. Entraram novamente em

Roma, recebidos aos gritos de VIVA A REPÚBLICA!; ao encontrar os homens do exército republicano, saudou o general Roselli, contrariado em suas ordens; para ele, Giuseppe devia estar longe dali. General, ele disse, o senhor precisará de todos os homens em condições de combate: os 40 mil franceses do general Oudinot não estão vindo a uma parada militar. Estamos cansados da viagem, meus homens precisam comer e descansar; então estaremos prontos para a luta.

Roselli disse que não tinha como acomodar todos os seus homens; não havia alojamento ou comida. Naquele instante, Giuseppe percebeu que, mais do que os tedescos, seu inimigo estava ali; aproximou-se do general com o cavalo, cabeça baixa, bufando, impaciente como o cavaleiro; deu uma volta em Roselli, emparelhou seu animal com o dele e disse, quase em seus ouvidos: conheço gente que leva uma vida confortável e não se oporá a nos dar comida; bateu as esporas e o deixou.

*

Um dia como outros para as freiras do convento de San Silvestro; dez delas se ajoelhavam na capela, hábitos negros, a rezar o padre-nosso; o estrondo as tirou de um salto da meditação. Saíram, alarmadas, para o pátio central; na porta escancarada do convento, o ginete de Giuseppe empinou, cascos estalando no piso de pedra; sabre em punho, seguido por Sacchi e Aguiar, ele avançou. Lá fora, o batalhão aguardava; diante da madre superiora, que se apresentou para perguntar o que faziam ali, disse simplesmente que a tropa precisava comer e dormir. Vocês têm uma hora para deixar o convento, avisou; ele está confiscado por mim.

A madre superiora, estarrecida, protestou; é uma casa de Deus, vocês não podem entrar dessa maneira; que Deus venha então nos impedir de entrar aqui, retrucou ele; e, se vier, que venha com a sua espada!

Não tinha tempo a perder com boas maneiras. O amplo refeitório monástico foi transformado em caserna; lobos famintos, os camisas-vermelhas avançaram sobre a comida preparada às pressas. Sacchi trouxe para Giuseppe um pedaço de frango espetado na ponta do sabre; na mão livre, mostrou o que os homens tinham encontrado nas celas: cartas de amor, roupas de bebê, objetos eróticos. Riram. O povo está aí na rua, curioso, disse Giuseppe; leve tudo isso lá fora e mostre o que descobrimos. É bom que todos saibam o que é a Igreja, essa ruína moral; ainda assim defenderemos os padres, como também os covardes, os mesquinhos, os políticos e a gente mais podre; vamos salvar até quem não tem salvação.

*

Dia 30 de abril de 1849, data que Giuseppe jamais esqueceu. Roma era sua; dourada e serena, no calor da tarde, a cidade lhe dava a sensação de onipotência: aquele lugar resistia a tudo, aos inimigos, à vaidade e à cobiça dos homens, aos tempos, ao próprio tempo. Não era mais a Roma dos Césares; era a Roma eterna, do amor, das paixões e da luta também. Os pássaros revoando sobre o Tibre no fim da tarde, o vento nas colinas históricas, a luz refletida nos domos dourados; a natureza e a invenção do homem em união duradoura e perfeita, beleza nativa e engenho de arte, num só lugar.

Aquele templo da humanidade, do qual o papa tinha feito seu feudo, agora era o panteão do povo e da liberdade. Por ele, bem valia morrer; morreriam todos, de uma forma ou de outra, cedo ou tarde, mas aquela cidade e a liberdade, essas iriam ficar.

Os sinos de Roma dobraram, todos ao mesmo tempo; sinal de que se avistava o inimigo. A ponte Santo Angelo, o Vaticano e a Ponte Molle se encontravam minadas; as vias de acesso ao centro eram protegidas por linhas de soldados entrincheirados. Giuseppe, porém, se dirigia para longe, ao Gianocolo; sem consultar ninguém, postou seus homens entre a Porta Portese e a Porta Cavalleggeri; Sacchi, admirado, lhe perguntou por que achava que os franceses começariam o ataque ali. É o ponto mais frágil, foi a resposta; se eu fosse Oudinot, começaria aqui.

Do lado de fora da muralha, havia um bairro inteiro, a Villa Corsini, que não existia no tempo do Império; ali a cidade se expandira além dos seus antigos limites, estendendo para fora um casario em intrincadas vielas medievais.

Realmente, concordou Mancini; eles podem se proteger nas casas do bairro, ali instalar os canhões e depois explodir e escalar a muralha, enquanto defendemos as portas.

Grande ideia, disse Giuseppe.

Qual ideia?, perguntou Mancini, surpreso.

Combateremos do lado de fora, explicou Giuseppe: nas casas, antes do muro. Precisamos tomá-las antes deles, fazer das ruas estreitas do bairro nossa trincheira; se quiserem chegar à muralha, terão primeiro que conquistar casa por casa, rua por rua. Faremos guerrilha, o que sabemos fazer melhor; nas ruas estreitas, o número de franceses não será vantagem como num confronto aberto. Terão de entrar aos poucos, homem a homem.

Era um plano desvairado, mas, diante de uma derrota tão certa, somente com a loucura algo diferente do esperado podia acontecer. Conforme Giuseppe acreditava, quando a lógica está contra nós, é preciso subverter a lógica, derrubá-la, instalar outra em seu lugar. Assim, tomaram seus postos; viram de fato surgir os franceses por aquele lado, marchando, certos de que não encontrariam resistência ali; ao se aproximarem da urbe, foram recebidos pela metralha vinda de janelas, telhados, frestas, becos, de todos os cantos da Villa onde se podia apoiar um fuzil.

Muitos inimigos tombaram ao entrar na primeira rua; alguns conseguiram passar pela chuva de balas e entraram nas casas, em combate corpo a corpo com os defensores, peleando com a baioneta; superiores em número, mesmo com grandes perdas, começaram a avançar. Giuseppe, que do alto de uma casa disparava com o fuzil, ao lado de Sacchi e Aguiar, por um instante achou que o esforço fora inútil. Pela luneta, via o Exército Francês, cordilheira humana além da cidade, alimentando as sucessivas hordas que seguiam para o combate ao sinal de seu comandante. Naquele momento, porém, um toque soou; apontando em cima das muralhas, surgiram soldados da Guarda Nacional; reforços não da providência divina, e sim de quem se podia esperar ainda menos.

De cima da muralha, eles começaram a atirar. Da Porta Portese, aberta com um giro lento e estridente, rompeu a cavalaria da guarda nacional, tomando as ruas com seu comandante na dianteira. General Roselli!, exclamou Giuseppe, ao ver o oficial deixar seu cavalo para galgar o telheiro da casa na qual ele instalara sua torre de mira e o comando defensivo. Vim apoiá-lo, disse Roselli, quando surgiu; ao que parece, aqui é que se deve defender Roma. Giuseppe avaliou-o; vermelho do esforço, Roselli parecia envelhecido e cansado, mas não menos digno, ao reconhecer seu erro; não há nada mais admirável que a humildade de voltar atrás. Agora o senhor fala como um italiano, disse Giuseppe; mostraremos a esses franceses do que somos capazes.

Os reforços avançaram pelas ruas, dando combate aos franceses dentro e fora das casas; bravamente, conseguiram empurrá-los de volta. Atirando a esmo, para cobrir seu recuo, os franceses aninharam-se nas casas do arrabalde; o avanço sobre a cidade, que parecia iminente, de repente transformou-se num impasse; cansados de parte a parte, acomodados nas posições conquistadas, os dois exércitos fizeram o fogo temporariamente cessar.

A noite foi longa e nervosa; embora estivessem todos esgotados e muitos deles feridos, não havia como dormir, em constante alerta. Ao lado de Giuseppe, sentado em uma cadeira de ferro instalada no telheiro, Roselli agora lhe fazia perguntas táticas. Conseguimos sustentar nossa posição por muito tempo, disse Roselli; fizemos melhor do que parecia humanamente possível, mas eles vão ganhar terreno pouco a pouco; receio que teremos de recuar para a muralha.

Giuseppe respondeu que não; é cedo. Perguntou a Sacchi, o que você acha que esperam de nós? Este, com ar maroto: um recuo para a muralha. Giuseppe concordou; disse então ao general: vamos avançar sobre eles; é a última coisa que estão esperando e teremos a surpresa ao nosso lado.

O general enfiou os dedos nos cabelos ralos. Giuseppe teve pena, ou dó; conforme aprendera nos pampas, um general sem coragem é um gavião sem asas; e mesmo com asas é preciso coragem para aprender a voar. Isso que você acha uma manobra ousada é desespero, disse Roselli. Caro general, a diferença entre a ousadia e o desespero é só o resultado, disse Giuseppe; no final do dia saberemos se somos ousados ou estamos apenas desesperados.

Muitos vezes Giuseppe vira a morte bem à sua frente; preferia enxergá-la como algo não abstrato, a Morte, com M maiúsculo: figurativamente, o rosto dela era coberto por um capuz negro, que terminava em uma capa esvoaçando ao vento; montava um cavalo também negro, comia carne humana e tinha um naco de braço na mão; não necessitava da foice proverbial. Ela estava ali, presente, quando ele saiu das ruas da Villa Orsini com seus camisas-vermelhas, em uma carga sobre as linhas francesas, entrincheiradas entre a orla da cidade e seu acampamento; e a Morte recuou em espanto, o mesmo espanto do general Oudinot.

Lado a lado, camisas-vermelhas e guardas nacionais avançaram ao estilo farroupilha, coragem e fúria, escudados na temeridade, desafiando de frente a morte. A cavalaria penetrou a toda brida nas linhas inimigas instaladas na saída da cidade; ao longe, no acampamento francês, atenção colhida pelo barulho, Oudinot tomou um binóculo, por onde viu o inimaginável movimento. E ordenou que seus cavaleiros montassem às pressas para defender a linha avançada.

A mais insensata batalha: depois de passar pela infantaria francesa, desbaratada na zona de cerco, os cavaleiros republicanos cresceram sobre o acampamento francês, de onde descia a cavalaria inimiga, em sentido contrário, até que as duas ondas se chocaram violentamente. Giuseppe, à frente da tropa, lançou mão do sabre, depois de descarregar sobre o primeiro inimigo a carga do seu fuzil. Um cavaleiro francês, espada em punho, foi trespassado pela lança gaúcha de Aguiar; caiu um adversário após o outro, lâmina lavando sangue sobre sangue, até que os franceses, superiores em número, finalmente os cercaram; quando o círculo se fechou, Giuseppe e Aguiar foram derrubados quase ao mesmo tempo, caindo no chão juntos com a montaria.

A queda: o mundo desapareceu um segundo, e, quando voltou, Giuseppe sentiu o aguilhão de dor, o cavalo rolando sobre sua perna; os homens vindos de trás o protegeram, espadas tinindo, abrindo uma clareira na floresta de centauros ao seu redor; com a perna válida que lhe restava, Giuseppe achou um cavalo sem dono, agarrou-se ao estribo e montou no animal em movimento; deu o braço a Aguiar, que subiu na garupa, e eles dispararam no único espaço que havia por onde passar, aberto pelos italianos a golpes de espada.

Sobre a murada, atrás das ameias e canhões, soldados da Guarda Nacional protegeram a retirada dos homens que levavam Giuseppe, ferido; ao passar pela Porta Portese, fechada às suas costas, ele seguiu para o acampamento de Villa Spada: estava vivo, mais uma vez, contra todas as probabilidades. O campo em frente à Villa Corsini cobria-se de mortos; as casas diante das muralhas de Roma ao final se encontravam ocupadas pelos franceses e os canhões, colocados nas ruas, aguardavam em posição. Se Giuseppe voltava para trás dos muros, porém, deixava no inimigo pesadas perdas, sobretudo se consideradas as forças, tão desproporcionais. Havia um quê de milagre no ar: apesar de tanta morte, na muralha se comemorava o sucesso retumbante do resgate do comandante, após aquela manobra de um heroísmo sem hesitação.

*

Villa Spada: um galpão que funcionara como estrebaria, antes de ser um quartel-general improvisado. Para cuidar de Giuseppe, o general Roselli mandou chamar seu médico pessoal. Anos mais tarde, em Caprera, Giuseppe ainda podia, fisicamente, sentir a dor; sentado num catre de campanha, perna estendida, calça manchada de sangue, deu ordem a Sacchi: que ninguém soubesse de seu ferimento; era importante para o moral da tropa. Roselli, ao seu lado, com Aguiar, acompanhou o trabalho; debruçado sobre o paciente, o médico rasgou--lhe a calça com o bisturi; o ferimento sangrava. Não parece muito bom, disse, mas a perna não está quebrada; e acrescentou, com um sorriso de pura ironia, o senhor sobreviverá.

Giuseppe gostava dos espirituosos, os que melhor sabiam brigar; um bom pirata sempre acaba perneta, respondeu. Apesar disso, reinava a preocupação; mesmo toda a ousadia da manobra realizada aquele dia não bastara para tirá-los de uma terrível situação. Precisaríamos de mais mil homens como você para vencer, disse Roselli; nesse instante, como a materialização de uma prece, a porta dupla de tábuas de velho carvalho se abriu; entraram dois homens em trajes civis, sem licença, nem se fazer anunciar. O primeiro deles tirou o chapéu. Para surpresa de todos, a começar por Giuseppe, tratava-se de uma mulher em trajes de homem, cabelos presos num coque, que correu para abraçá--lo; ele a encheu de beijos, manchando-a de sangue pisado, sem se importar; entre abraços, meio abafado, disse a Roselli, eis aí o reforço de que eu precisava e o senhor acaba de pedir, general.

*

Entender como uma mãe pode deixar três filhos com estranhos, sem saber se voltaria: Giuseppe não sabia julgar. Desejo de liberdade, de desatar tudo o que nos prende, segura, enlaça, mesmo da relação mais profunda que se pode ter, com a criança saída do próprio ventre, seria para muitos o convite do próprio diabo; porém, ele sabia muito bem como era o sentido de dever maior, muito além da compreensão da maioria da gente guiada pelo senso comum.

Assim como ele pensava no que os outros jamais fariam em batalha, e ali achava a resposta para o que devia fazer, também Anita tomara sua decisão; afirmou sua certeza de que, se não ganhassem a guerra, não adiantava ficar em Nice, na casa da mãe dele, como presa fácil para o inimigo sanguinário. Para eles, não haveria vida sem vitória. Melhor sair dali, esconder as crianças, e ajudá-lo a vencer: única possibilidade de futuro para todos.

Giuseppe não podia recriminá-la; escolhera para si aquela vida e da mesma forma aquela mulher, alguém capaz de segui-lo até Roma, enfrentando perigos que ele nem sequer imaginava. Seus ideais e o comportamento eram os mesmo. Que tivessem o mesmo destino. O amor estava acima de tudo. E não podia haver amor maior.

Perguntou onde ela havia deixado as crianças. Onde nascem os sonhos, Anita respondeu, tão somente. E ele não precisou saber mais.

Ela lhe contou a viagem desde Nice; de braços com Felice em Livorno, como um casal, sem nenhuma bagagem; não se misturavam aos outros no cais, pouco falavam, menos ainda davam respostas a quem queria perguntar.

Para chegar a Roma, atravessaram toda a Toscana ocupada; tropas francesas e lombardas encontravam-se por toda parte, em terra e no mar. Caso os austríacos os tivessem interceptado, certamente teria sido o fim. Mesmo falando mal o italiano e sem conhecer bem o país, Anita pediu que Felice a deixasse seguir sozinha; corria risco inútil e grande demais. Ele, porém, lhe dizia: só tem uma coisa da qual sou temente, dona Anita, e não são os tedescos, muito menos os franceses; é o seu marido. Se ele mandou ficar ao seu lado, eu vou ficar.

Riram; Felice era um soldado seguro, respeitoso e alegre: Giuseppe não poderia ter escolhido melhor. Ele a levou dentro da diligência postal, um veículo fechado, onde ela podia viajar sem ser vista; seguiram para o sul, Anita oculta sob pacotes e pilhas de cartas, amarradas com barbante; balançava com a carga nas estradas encascalhadas, ouvindo lá fora a vara de longo alcance que na boleia, ao lado de Felice, o carteiro estalava no ar. Nada via e pouco tinha de luz e de ar; soube quando os austríacos os pararam na estrada, certa vez, quando o carro parou de repente; nesse instante, passando a mão às costas, puxou o punhal.

O barulho da tranca girando em si mesma, o jato de luz e de pó; fechou os olhos, mão sobre a boca, a sustar qualquer som, mesmo o da respiração. A tensão do instante, a vida e a morte, e a porta fechou; deu graças ao ouvir a tranca de novo e a diligência arrancar; um tremor percorreu seu corpo, de alívio. Mais tarde, estacionados numa campina fora da estrada, a curta distância de San Pietro, esticou as pernas para descansar; Felice e o carteiro, aliviados depois de passarem tanto medo, abraçavam-se, a se regozijar.

Não queria mais viajar daquela maneira, mas Felice insistiu, pelo bem da criança em gestação; sabia, pelo que lhe contava a mãe dele, velha parteira, que é preciso descanso para a semente do homem vingar. Ninguém garantia que na próxima barreira os austríacos não remexeriam a correspondência; porém, era o melhor plano que ele podia engendrar. Eu a admiro, disse Felice, mas a senhora se arrisca sem razão; ao que ela, provocadora, respondeu: não há melhor razão na vida que o impulso que dispensa a razão.

Antes de retomar a marcha, ouviram explosões ao longe; Anita insistiu em ir até lá. Talvez Giuseppe estivesse defendendo a cidade; ou, se não, poderiam tentar ajudar. Pequeno burgo fortificado, San Pietro se encontrava cercado; já dentro da cidade, colocados nas ruas e praças, canhões austríacos bombardeavam a cidadela de pedra, último reduto das defesas locais. Anita esgueirou-se com Felice por uma fenda aberta na base do muro; no povoado cujo telheiro se espraiava ao redor da cidadela, viram um canhão na entrada de uma igreja; logo acima deles, uma bala explodiu contra o paredão. Felice dizia, vamos embora, dona Anita, enquanto sobre eles voavam detritos, numa nuvem de pó. Os franceses são grandes católicos, a ponto de virem restituir Roma ao papa, mas o que você acha do modo como estão usando a casa de Deus?, ela perguntou.

Com muitos apelos, Felice conseguiu afastá-la dali; retornaram pela mesma abertura na muralha pela qual haviam entrado. Felice desejava levá-la de volta à diligência, mas no caminho Anita viu o cercado de uma fazenda abandonada durante o ataque, onde se encontravam dois cavalos. Com eles poderemos seguir por trilhas e campos, ela disse; assumia o comando da própria expedição: não podemos seguir mais pela estrada, daqui até Roma será cada vez mais perigoso. Felice receava apenas pelo bebê. Ela, no entanto, lhe disse: é meu filho, aguentará.

Tomou os dois animais, confiscados não sabia de quem; no galpão, encontrou os arreios de que precisava para montá-los. Dispensaram o carteiro, de quem tinham se tornado amigos; o pobre, ao vê-los partir, fez uma cara de choro sincera.

Tão rápido quanto podiam, para não exaurir a montaria, cavalgaram rumo ao sul, por onde de fato já não havia estrada praticável; para cortar passagem aos canhões, os italianos tinham destruído pontes e obstruído passagens. Cruzaram campos verdes, bosques e riachos, muitas vezes sem avistar vivalma; todos se escondiam da guerra, deixando atrás plantações queimadas para manter o inimigo com fome, enfraquecido na terra arrasada. Entraram em Roma pelo sul, ponto cardeal que, no grande cerco, os franceses tinham abandonado; ela conseguira chegar, e ali iria ficar.

*

Dia de são Pedro e são Paulo: os romanos festejavam na cidade sitiada. O inimigo tinha sido rechaçado, a República vencera. Não era vitória final, é verdade, e sim um pequeno, porém orgulhoso, triunfo da resistência. Porém, contra todas as probabilidades, Roma ainda estava de pé. No acantonamento francês, a celebração espantava o general Oudinot, que em sua barraca de campanha escutava, à distância, a reverberação da alegria; sim, eles tinham resistido, mas não seria por muito tempo ainda; não entendia tanto ânimo naquela gente que acabara de enterrar seus mortos e logo seria esmagada. Logo os romanos veriam fogos novamente, mas de outro tipo, bem à luz do dia.

Para os italianos, no momento, não importava; desfrutavam aquele breve interlúdio. Mais que uma cidade, defendiam uma sabedoria milenar: a vida é efêmera e, quanto menos tempo há, mais motivo para não desperdiçá-la; se a felicidade é transitória, melhor aproveitar Em Roma, como em toda a Itália, celebrava-se a existência todos os dias; fossem artesãos, ou comerciantes, ou camponeses, os italianos trabalhavam sem pressa, mas não jogavam fora o tempo. Para eles, o trabalho servia à vida, e não a vida ao trabalho. Desfrutavam o vinho à mesa, a sesta após o almoço; não descuidavam da alegria, do desfrute, nem se perdiam em esforços desmedidos e lamentações.

Os italianos se alimentavam do amor, redobrado em tantos cuidados: com as videiras no campo, de onde se tirava o vinho; os olivais nas encostas pedregosas, que davam o azeite; as crianças ao redor da casa, fonte de alegria, de onde vinha o futuro. Apreciavam manhã, tarde e noite, com o que cada parte do trazia de bem: a azáfama matinal, promissora e alvissareira; a tranquilidade vespertina, contemplativa e complacente; o romantismo noturno, sereno e concupiscente. Apreciavam as estações, cada qual com sua beleza e tarefas; o plantio da primavera, o descanso do verão, o trabalho do inverno, a preparação outonal. Tiravam da existência o que pode haver de melhor e faziam da Itália um lugar especial; a pátria significava mais que um pedaço de terra: era sua identidade perante o mundo e o próprio sentido da vida.

Esse sentimento brotava do fundo da terra, mesmo em um lugar dividido pela língua, por fronteiras e reis. Uma nação não se faz pelos limites geográficos, pelas divisões políticas, pelos arranjos históricos, pela edificação de cidades e templos, pelos artifícios conjunturais; é formada por gente que desde criança ama as mesmas paisagens, canta as mesmas canções, come a mesma comida, ri o mesmo riso, tem o mesmo espírito. Os italianos se irmanavam nas cordilheiras, nos mares, nas ilhas e seus vulcões; experimentam o mesmo calor do verão temperado, a neve gelando os lagos, as flores pontilhando os bosques; conheciam pelo cheiro e pelo tato aquela terra trabalhada e arada por séculos, que sem o homem não sabia mais vicejar.

O maior império do mundo, estilhaçado por sua própria grandeza, lançado à barbárie, atacado, extorquido, depauperado, exaurido pelo obscurantismo, se sujeitara. A Igreja inquisidora, proprietária de Roma e dos homens de todo o mundo, forçados à vassalagem de corpo e alma, instituíra a treva. Na terra arrasada brotaram as pragas, que infestaram os feudos, seculares e temporais; dividida, partida, quebrada, a Itália se tornou presa fácil para os impérios de ocasião. Porém, se os senhores teutônicos faziam da força um argumento, teriam na força o seu funeral. Não existe terra ocupada para sempre: como a mata no campo, a liberdade viceja, renasce, ainda que se tente extirpar; aquela guerra seria ganha, não se sabia quando, só que um dia se ia ganhar.

Pela janela em Villa Spada, Giuseppe e Anita viram os sinais esfuziantes dessa certeza: fogos de artifício riscados no ar, noite colorida em explosões; no galpão agora só deles, deitados numa cama de feno, ouviam lá fora o riso dos bêbados, os violinos e flautas e o alvoroço das crianças que brincavam até tarde na noite em que se podia tudo; ninguém dormia, desejando que a festa não acabasse jamais. Fizeram amor suavemente, coração em carne viva de saudade, provando o corpo um do outro, como o vinho do cálice sagrado; ela com grandes cuidados, em lento movimento, para não machucá-lo; tomara o lugar do médico, cuidando dele, lavando e pensando a ferida na perna, com destreza de enfermeira, delicadeza de esposa e amor de mulher.

Para Giuseppe, dor e prazer se misturavam: extremos da vida que andavam tão juntos, como raiva e paixão, amor e ódio, sonho e ilusão. Enlevado pela beleza daquele momento, seu espírito juntou-se ao de toda a cidade, crescente no espaço; com Anita, embebedava-se com a paz daquela trégua em que única regra era não pensar no amanhã. Estar dentro de Anita era voltar para casa, com os sentimentos mais puros, as mais doces lembranças e os mais profundos desejos: a antiga infância, as ondas do mar, o som da tempestade, a vastidão estelar. Ah, pensou Giuseppe, em Caprera, ao recordar aquela noite: o universo é pequeno para o coração e uma vida é pouco para o ser humano, mas há momentos infinitos. Desfrutou Anita e aquele amor; naquela noite a felicidade foi completa, a existência foi plena, e, se tudo acabasse ali, poderia dizer que estava realizado.

Depois do gozo, desejo derramado, ela aninhou a cabeça entre o peito e o ombro direito de Giuseppe, corpo ainda tremendo de leve, cabelos molhados de suor, olhos borrados refletindo luz de amor. Será possível resistir quanto tempo?, ela perguntou. Esta cidade parece Milão no dia da queda, ele respondeu; há muitos oficiais cheios de galardões e penachos, mas poucos soldados capazes de combater. São todos poltrões. Deixa-se de ganhar quando se tem medo de perder.

Anita correu a mão suavemente pela perna ferida dele; as ataduras estavam molhadas de sangue fresco. Podia sentir o sofrimento do marido, corpos ligados em um só, incluindo a vida germinando dentro dela, que já era gente, tinha feição e nome: existência a três. Sabe por que eu passei a te amar?, ela perguntou. Giuseppe sabia, ou achava saber, mas gostava de ouvir, então disse que não, por quê? Jamais te vi deixando de acreditar, ela disse; você não desiste dos sonhos, e é capaz de realizar os sonhos, porque decidiu nunca recuar. Por isso estou aqui: como esperar algo diferente de mim?

Ele a beijou na testa, bênção de companheiro, marido e amante, na intimidade do corpo saciado. Com a mão livre, procurou o ventre de Anita, agora curva barroca, por onde correu seu indicador. E disse: não preciso de mais nada, meu sonho é você.

A noite que não podia acabar, enfim, acabou; exaustos, dormiram o pouco tempo restante até o sol raiar; o dia entrou pela mesma janela, suave luz a anunciar o recomeço da luta. Giuseppe sentiu-se melhor; mesmo claudicando, podia se movimentar. Trocaram beijos, juras de amor e a promessa de jamais se separarem outra vez; naquele dia saíram juntos para a guerra, da qual não mais teriam trégua e, sem saber, da qual nunca iriam voltar.

*

1º de julho: começo do fim, ou de um primeiro fim da batalha que ia além de todas as expectativas. Por um mês, Roma sitiada resistiu; por um mês, se manteve em pé. Reforçados por napolitanos, simpáticos ao papa, e as tropas de Ferdinand de Lesseps, os franceses pouco a pouco avançaram, empurrando as defesas da cidade cada vez mais para o centro.

Camisas-vermelhas e guardas nacionais defendiam-se bravamente, mas estavam encurralados; ao lado de Aguiar, Anita juntou-se aos homens entrincheirados, com seu fuzil; em Caprera, chispas nos olhos, Giuseppe podia vê-la, em meio ao fogo cruzado, erguendo-se, atirando e carregando a arma outra vez, pausada e firme. Ao se recostar, pólvora na mão, para recarregar a arma, uma explosão rebentou ao seu lado; com o canhonaço francês, o mundo rodou, desapareceu um instante, e quando ela voltou a si, olhando para o lado, gritou: Aguiar! Ele, porém, não se encontrava mais lá, onde estava apenas um segundo antes.

O destino escolhera primeiro aquele que por tantas vezes tinha sido o salvador, para ela e Giuseppe. Coberta de sujeira, fuzil na mão, Anita dobrou-se, urrando de dor; contrição sem lágrimas, disparou a arma a esmo, para descarregar a raiva, o desespero, a desolação; bradou impropérios que, em meio à fuzilaria, ninguém escutou.

As defesas mantinham os franceses ao redor do coração da cidade, mas era uma questão de tempo; Roma iria cair. Um mensageiro deu a notícia a Giuseppe, que lutava em outra trincheira: a morte de Aguiar, se pesou sobre ele, não o fez desistir; a cada soldado tombado, amigo ou desconhecido, crispava-se em juras de morte, sua vontade de continuar aumentava. Enquanto os legionários sustentavam o combate, foi ao encontro de Anita e a tirou da linha de frente, sob protestos; pediu a Felice que a levasse para a casa onde se instalavam durante o cerco, na Via delle Carrozze, estreita viela no centro, entre o Panteão e a Scalinata di Spagna, para que pudesse se recuperar.

Depois de entregar a mulher aos cuidados de uma ajudante, Giuseppe tomou um cavalo e apeou diante da Assembleia da República Romana, coberto de sangue e de pó; o sabre estava tão torto que só a metade entrava pela bainha. Entrou de semblante fechado; desceu a galeria, em contraste com os limpos e bem-vestidos deputados; todos os homens ali reunidos não valiam por um Aguiar. Indignava-se pela perda do companheiro, sacrificado na luta para que vivessem aqueles nababos covardes; a custo, não usou neles sua lâmina empenada; controlou-se para escutar.

No púlpito, Mazzini discursava. Dizia: em função de tudo o que foi discutido aqui, só nos resta decretar a rendição; acato a decisão geral. Quero acrescentar que, tendo em vista minha inconformidade, renuncio ao triunvirato que governa esta República.

Na mesa diretora, Giuseppe avistou o general Roselli, estátua da resignação. Protestos e assobios espirravam do plenário contra as palavras do presidente; sob apupos, Mazzini prosseguiu; fica estabelecido que o general Roselli se encarregará de negociar a capitulação. E o comandante Garibaldi, que aqui chegou a tempo de ouvir estas decisões, está nomeado comandante em chefe do exército romano.

Novas vozes de consternação; Giuseppe avançou dois passos, erguendo os braços, a pedir silêncio. Este é templo da vergonha para todos os italianos, bradou; os senhores podem capitular, mas eu não. Aceito o cargo; um exército, mesmo derrotado, ainda pode valer alguma coisa.

O tumulto cresceu. A desordem no comando da república não podia se refletir no ânimo do povo; ele sabia que, entre os cidadãos romanos, a vontade de muitos ainda era lutar a qualquer preço. Roselli declarou que acataria as ordens da Assembleia; enviaria um emissário a Oudinot, propondo um acordo por meio da qual os líderes republicanos teriam um salvo-conduto para sair da cidade, em troca da rendição; era o que negociara com os austríacos em favor de Carlos Alberto, em Milão. No plenário, mesclaram-se gritos de protesto com o aplauso daqueles que, mais por covardia que sabedoria, aprovavam a rendição.

Não havia mais nada a fazer ali. Giuseppe foi para a Via delle Carrozze; suas botas sacudiram as tábuas do piso do velho casarão. Encontrou Felice, fuzil pendurado às costas, e Anita, olhos avermelhados, cabelos escorridos do banho recente, vestida de negro, de luto por Aguiar. Apenas um instante antes dele, batera à porta um homem trajado com uma impecável casaca; sentado na poltrona da sala, estava à sua espera. Giuseppe beijou a mulher, que fez as apresentações; José, este é o senhor embaixador dos Estados Unidos, disse.

Em caráter de urgência, o diplomata vinha fazer uma oferta. Como o senhor sabe, ele disse, meu país acolhe todas as causas em prol da república como sistema de governo e preza homens de valor como o senhor, úteis em qualquer lugar. Aproveitando o salvo-conduto, que o general Roselli negociará com os franceses, gostaria de oferecer a possibilidade de embarcá-lo com sua esposa numa corveta do governo de nosso país, que está aqui perto, no porto de Civitavecchia. Providenciamos um passaporte para você, sua esposa e seus oficiais.

Esticando à frente a perna com sequelas da ferida, Giuseppe puxou uma cadeira e sentou; você respondeu algo?, perguntou, olhando para a mulher. Anita sorriu e disse, ainda não, espero o meu marido, defensor desta cidade. Senhor embaixador, disse Giuseppe, agradeço a oferta generosa, mas não tenho intenção de capitular, muito menos de fugir.

Alarmado, o diplomata procurou argumentar; admiro sua postura, disse, mas, com todo o respeito, acho que a guerra está lhe tirando o juízo. Por quê?, perguntou Giuseppe, um sorriso no canto da boca. Esperava outra coisa, prosseguiu o embaixador; não apenas pelo senhor como por sua esposa, ainda mais estando grávida. O barco partirá hoje à meia-noite. Fique com isto, prosseguiu, entregando os passaportes; espero que o senhor mude de ideia até lá.

Assim Giuseppe entendeu tudo o que tramara Mazzini às ocultas, que já arquitetara antes sua renúncia, com o propósito de escapar; se fosse a Civitavecchia, estava certo de vê-lo, com seu capote negro, envolto nas brumas, pisando na prancha que levava à corveta do governo americano. A Giuseppe nada restava senão ficar; partisse naquele momento, não seria mais ele, e sim um desconhecido, com quem teria de conviver pelo resto dos seus dias; reconfortou-se com sua decisão. Alguém precisava manter viva a chama da liberdade, e sair de Roma lutando era única forma de não deixá-la apagar.

*

O jantar, na casa da Via delle Carrozze: Anita, cozinhando, serviu a mesa para o general Roselli, Felice, Mancini, Sacchi e Ugo Bassi, o padre rebelde que abandonara a Igreja para juntar-se à república e seus oficiais. Com um golpe seco de sabre, Giuseppe abriu uma garrafa de vinho umbriano, certamente a última em toda a cidade; a bebida foi servida com parcimônia para acompanhar o jantar. Ele não sabia se os convidara até ali para agradecer ou se desculpar. Tinham todos a oportunidade de partir para o refúgio americano, mas, como ele, por fidelidade, tinham escolhido ficar.

Este é um brinde de despedida, mas por pouco tempo, disse Giuseppe, levantando sua taça; general, quero partir para reagrupar forças fora da cidade.

Cético, Roselli indicou a janela com o nariz; como você pretende sair, se ali fora milhares de soldados franceses fecham a saída por todas as vias?

Sempre há um jeito, disse ele; e, se não houver, será pela força.

O general o encarou; a luta em Roma mudara a opinião de um sobre o outro, e muito. Roselli não desdenhou daquelas palavras pois sabia que Giuseppe, ao falar, as levaria até o final. Teria, porém, de fazê-lo sozinho. A rendição está decidida, é um fato consumado, afirmou o general; sou um homem de armas, que obedece à hierarquia, e o que foi resolvido, tenho de obedecer; não posso pôr o que resta do nosso exército ao seu dispor para morrer nessa aventura.

Arregimentarei então a minha própria tropa, afirmou Giuseppe.

Como?

Como sempre: no meio do povo.

Roselli balançou a cabeça, sem duvidar. O próprio Giuseppe se perguntava se aquele seria mesmo um plano; ainda que fosse apenas de orgulho, um gesto bastava para que a Itália mantivesse a esperança. Se morresse, Giuseppe não perderia a batalha, ao contrário: seria um guerreiro imortal, como são os grandes mártires; ele se levantaria entre os mortos como símbolo para a futura vitória.

O general lhe perguntou aonde queria ir; resposta, Veneza, onde graças a Daniele Manin a República há nove meses resistia ao invasor austríaco. Giuseppe reagruparia suas forças fora de Roma, se juntaria aos venezianos e voltaria para retomar a capital.

Há mais 15 mil soldados austríacos entre você e Veneza, disse Roselli. Menos do que os 40 mil que temos aqui, afirmou Giuseppe, sorrindo.

O jantar de despedida subitamente se transformou em conselho de guerra. Giuseppe pediu a Sacchi que espalhasse pela cidade uma notícia: os camisas-vermelhas partiriam no dia seguinte para combater as tropas inimigas em Napoli. Reagrupariam forças fora de Roma; sairiam, mas para voltar. Sua ousadia virou loucura, disse Roselli. Não podemos nos conformar com a derrota, general, foi o que ele escutou.

De Roselli, Giuseppe não obteve homens nem armas, mas ouviu que ele não lhe obstruiria a passagem; aqueles que quiserem ir com você, que vão, afirmou. Giuseppe pediu-lhe que cuidasse de Anita; nesse instante, porém, ela protestou. Irei com você, é claro, ela disse. Roselli e Ugo Bassi trocaram olhares aflitos. Meus amigos, talvez não seja bom misturar uma discussão doméstica com decisões militares da mais alta gravidade, disse o religioso, alegre de vinho; melhor mudar de assunto.

Giuseppe pediu a Anita que reconsiderasse. Ouvira o que tinha dito o general; sair da cidade seria arriscado, talvez fatal. Além disso, com seis meses de gravidez, você não está em condições de se bater contra os franceses, nem de fazer uma longa e difícil viagem a cavalo, afirmou ele. Nosso filho não nascerá em terra oprimida, disse ela, e sustentou a sentença com o olhar que ele conhecia tão bem.

Ele tem razão, minha filha, disse Ugo Bassi; aqui você estará segura: uma cidade rendida não é prisioneira. Sem rispidez, mas firme,

Anita mandou o padre calar-se; não estava ali para ficar outra vez para trás. Ainda que fosse a mais inglória das lutas, Giuseppe precisaria de quem soubesse atirar. José, as causas são maiores que as pessoas, disse ela; nós passaremos, nossos filhos passarão; mas a nossa memória e a Itália, com esse gesto, poderão ficar.

Os comensais trocaram apelos mudos, por sobre taças e pratos; Giuseppe mirava Anita, e tomou o último gole de vinho de Roma inteira. Ela sabia o que estava fazendo, os riscos que havia; ele não podia garantir nada. Anita só ficaria se Giuseppe ficasse, mas, assim como ele, não fora a Roma para se render. Para Giuseppe, era a luta ou a morte; e a luta seria com os recursos que tinha, por menores que fossem, levassem ao que levassem.

Sairia no dia seguinte e, se ninguém mais viesse, iria sozinho; seria o único a levantar a lança e o único a morrer. De certa forma, já contava com isso; seria uma bela morte, certamente, e levaria uma bandeira, para que um dia aquela guerra acabasse ganha — e não fossem os franceses ou os tedescos a escrever os livros de história.

*

A alvorada iluminou a casa na Via delle Carrozze; no quarto, Giuseppe desceu o poncho sobre os ombros e embainhou o sabre. Anita sentava--se à penteadeira; pelo espelho, olhou para ele. Vestia-se com roupas masculinas; tomou uma tesoura e cortou os cabelos, sem pressa nem pena de si mesma; os cabelos curtos não lhe tiravam a beleza; ao contrário, reforçavam os traços do rosto, o queixo resoluto, o nariz afilado.

A gravidez a deixava maior, mais pesada, mas daquela vez não lhe trouxera a antiga doçura; a morte de Aguiar a endurecera, escurecia-lhe o semblante. Anita aos 29 anos: não mais a moça que Giuseppe encontrara em Laguna, ansiosa por vida; era mãe, que sentia o vazio de ter deixado os filhos, guerreira calejada, amante sem brida, mulher sem medos.

Saíram para a rua; Giuseppe subiu no cavalo, selado por Felice, e colocou na cabeça o chapéu de penacho. Bateram os cascos na rua de pedra; ele tocou o animal lenta, mas decididamente, seguido por Anita de perto, sobre um alazão. Ao dobrar a rua, já não estavam sozinhos. A esperá-los, já montados, estavam seus dois oficiais; não viemos de tão longe para descansar em Roma, ainda que seja uma bela cidade, disse Sacchi; sim, ainda que tenha belas mulheres, acrescentou Mancini. Então, vamos, disse Giuseppe. Atrás deles, no trajeto se juntavam homens, mulheres e crianças; quando entraram na Piazza del Popolo, um mar humano se formou em rodamoinho ao seu redor.

Não poderemos sair da cidade assim, disse Sacchi; precisamos de um plano melhor. Giuseppe foi obrigado a concordar. Esperava por algo, mas não tudo aquilo. Nunca tinha treinado seus batalhões com a obediência cega do soldado comum, e sim com a consciência e a bravura de guerreiros que lutavam pela vida, pela família e pela pátria; os melhores homens não eram os párias, as marionetes militares, ou mesmo os mercenários, e sim os homens do povo, que lutavam pelo amor aos seus. Esses, mais uma vez, estavam ao seu lado.

Em meio a tanta gente, com dificuldade Giuseppe alcançou o obelisco Flamínio, tomado pelos antigos romanos no tempo de Augusto, para enfeitar Roma com os dias de glória do segundo Ramsés. Pisando na sela do cavalo, ele subiu no pedestal. A massa humana aos seus pés congelou num silêncio sobrenatural; rostos sofridos e ansiosos dirigidos a ele, santo encarnado no altar histórico, do qual se esperava um milagre.

Compatriotas, Roma capitulou!, bradou ele. Não importa! Eu irei combater mesmo assim. Resistiremos nos Apeninos; onde estivermos, lá Roma será!

Uma ovação partiu da turba; em ondas, o chão da praça tremeu.

A sorte, que nos traiu hoje, sorrirá para nós amanhã, prosseguiu Giuseppe. Estou saindo de Roma; aqueles que quiserem continuar a guerra contra o estrangeiro, venham comigo. Não ofereço pagamento, quartel ou comida. Ofereço somente fome, sede, marcha forçada, batalha e morte. Para os que amam este país com seu coração, e não apenas com seus lábios, o caminho é aqui. Encontrem-me às seis da tarde, na Piazza San Giovanni in Laterano. De lá, partiremos para a glória!

A praça vibrava, pulsando como o coração de toda aquela gente; chapéus para o alto, entoaram o hino italiano; no obelisco, Giuseppe contagiou-se com toda aquela emoção.

O dia correu rápido, como a notícia; Giuseppe sabia que o povo na praça era uma coisa, bem outra era segui-lo até os portões. Foi uma boa manobra, disse Sacchi, sobre o discurso na praça; mas agora, o que faremos? Boa pergunta, disse Giuseppe; precisamos mandar batedores para estudar o lugar por onde se pode sair.

Ao chegar a hora marcada, encontraram cheia a Piazza San Giovanni in Laterano. De toda aquela gente, não sabiam quem estava presente apenas por curiosidade, ou para se despedir, e quem realmente iria segui-los. No poncho branco, sobre o cavalo branco, anjo exterminador, seguido por Anita toda de negro, chapéu de feltro e botas largas, Giuseppe tinha atrás de si o que lhe restava dos camisas-vermelhas. Deu com Ugo Bassi, inesperada aparição; veio nos dar a bênção para a partida?, perguntou Giuseppe. Não, disse o ex-missionário, vou com vocês; depois do que Anita disse ontem à noite, como não ir? Além disso, desde que deixei de seguir o papa para ficar ao lado do povo, já estou desgarrado; a liberdade agora é minha fé.

Anita perguntou a Bassi se entendia bem o risco, e seria capaz de matar, se preciso fosse; se Deus puser uma arma em minha mão, e me colocar em posição de ter que matar, será a mão d'Ele, em lugar da minha, disse ele. Nesse instante, Mancini se adiantou; de um alforje pendurado no cavalo, tirou uma pistola; aproximando-se de Bassi, colocou-a em sua mão. Deus acaba de se manifestar, disse ele. Riram todos, menos Bassi; ele olhou a arma, persignou-se e, na faixa que usava à cintura, guardou-a.

No meio da praça, Giuseppe encontrou uma carroça com um solitário canhão. Perguntou a Sacchi onde estava a artilharia. Roselli não nos deu nada; tudo o que temos está aqui, disse ele. Bem, pelo menos esta peça não será dos franceses, resmungou Giuseppe; voltando-se para Ugo Bassi, disse, espero que ainda se lembre das suas preces, acho que realmente vamos precisar.

*

Oito horas da noite na praça San Giovanni in Laterano; a um sinal de Giuseppe, da massa humana envolta na penumbra, desprenderam-se cinco mil pessoas, das quais oitocentas a cavalo, e o restante a pé: pais, mães e crianças, famílias inteiras com carroças onde levavam cães, porcos e galinhas. Não era uma tropa; era mais uma coluna de retirantes, que preferiam tentar a sorte no êxodo a ficar na capital subjugada.

Giuseppe enviou uma patrulha na vanguarda; cinco cavaleiros dispararam na frente para averiguar onde os franceses estavam; com Anita a seu lado, na primeira fileira, avançou pela Via Casilina, como quem seguia mesmo para Nápoles, conforme mandara anunciar aos quatro ventos. Ao se aproximar da saída da cidade, fez alto; os cavaleiros retornavam com notícias; como esperado, os franceses se aglomeravam ali, bloqueando a saída anunciada.

Giuseppe deu instruções a Sacchi, em voz baixa; sussurrando, espalhou-se o comando de homem para homem, mulher para mulher, criança a criança; que seguissem os cavaleiros em silêncio, sem titubeios, sem desvios, e que não se acendesse um só cigarro. Giuseppe então manobrou a coluna; um desvio e saíram por dentro de um terreno baldio; enquanto os soldados franceses aguardavam nas barricadas, ele avançou por uma brecha criada no muro a leste, passando entre a concentração de tropas que faziam o bloqueio, ao sul, e o acampamento inimigo, ao norte.

Assim passaram todos, como fantasmas; Ugo Bassi diria, depois, ter sido obra de Deus, que sobre eles lançou uma cortina negra, milagre que comparou à travessia de Moisés e os hebreus pelo mar Vermelho, acossado pelo exército egípcio. Providência divina, sorte ou sucesso de um truque tão simples, eles deixaram a cidade livres e marcharam toda a madrugada; só foram descansar, longe da estrada, na hora mais quente do dia seguinte; prosseguiram outra vez no fim da tarde até o alvorecer.

O impossível se tornara possível; Giuseppe deitou-se no chão, recostado na sela do cavalo, sob o poncho branco, sustentado pela lança e o sabre; Anita, no seu colo, a mão pousada na barriga de grávida, descansava, menos do esforço que da tensão. Ao meio-dia, chegaram batedores a galope, levantando poeira. Oudinot percebera enfim a manobra que o ludibriara e vinha em seu encalço. Vamos ver, disse Giuseppe.

Subiu com Sacchi e Anita até a colina mais próxima; do alto, avistaram ao longe o inimigo, que avançava: duas colunas de soldados, com as cores da França tremulando em seus estandartes; encontravam-se a quatro horas de alcançá-los, no máximo. Sob o comando de Sacchi, Giuseppe mandou a cavalaria destacar-se da infantaria e cruzar o Tibre, para atrair e despistar o inimigo; enquanto isso, conduzia a coluna mais lenta em direção ao norte.

Assim fizeram; Giuseppe seguiu adiante, enquanto Sacchi, oferecendo-se como isca, levava o inimigo para longe. Na marcha forçada, sucederam-se Terni e Todi. Ao longo do caminho, as famílias se desfaziam aos poucos da cangalha; deixavam para trás roupas, móveis, mulas e armas. Mais e mais cansada, Anita trocou o vestido negro, que a cozinhava no calor, por outro mais leve; andava segurando a barriga, já pontuda, sem queixas: dava o exemplo.

No trajeto, perdiam seguidores, que desertavam para não mais voltar: desejavam sair de Roma, e não fazer parte da coluna de guerra; ficar com a lenta caravana os punha em risco. Mancini manifestou sua preocupação; temo que as deserções estimulem o roubo e a baderna, afirmou. Diga que qualquer furto na coluna será castigado com a pena de morte, sentenciou Giuseppe, para assombro de Anita; José, ela disse, tiramos essa gente de Roma para salvá-los! Eles não têm disciplina militar, afirmou o marido; eu sempre recebi bem a todos, mas os malfeitores têm de ser controlados; a desordem será nossa perdição.

Estacionaram diante de Cetona; a população, avisada, recebeu a caravana diante da porta murada, aos gritos de VIVA GARIBALDI, REI DA ITÁLIA!. Em Caprera, anos mais tarde, Giuseppe se lembrou daquela passagem como um sonho, que terminou em pesadelo. O sonho: a cidade na colina, jardim suspenso de ciprestes entre os edifícios de pedra; ele e Anita no salão principal da prefeitura, recebidos como reis pelo prefeito Gigli e a esposa, Amalia; Anita num vestido de cetim, ajustado por Lucrezia, costureira de Amalia; o jantar de gala, para eles, Ugo Bassi e todos os oficiais. Giuseppe e Anita, dançando a valsa; acompanham-nos o senhor e a senhora Gigli, trocando de par. A noite em uma cama de dossel, a manhã perfeita, com os homens alimentados, revigorados para o dia; a partida, sob os acenos da população.

O pesadelo, no dia seguinte: encontraram a coluna de Sacchi, que depois de enganar os franceses por algum tempo, convergira até ali. Com ele, vinha a notícia: os franceses tinham chegado a Cetona à noite; dezenas de pessoas, incluindo o prefeito e sua mulher, foram retiradas de casa à força e postas a ferros por colaborar com os republicanos. Na praça central de Cetona, colocados diante do pelotão de fuzilamento, os franceses executaram os prisioneiros sem nenhum julgamento; Gigli foi o primeiro a cair. Aqueles que assistiram à cena, entre frestas de janela, tomados de horror, acharam por bem avisá-lo; assim mostravam aos franceses como seriam tratados aqueles que doravante viessem a receber Garibaldi.

Ao ouvir o desfecho da história, Anita chorou; ela, que tanto seguira, incentivara e ajudara Giuseppe na guerra, pela primeira vez se perguntava qual o sentido daquilo; a bestialidade humana não tinha limite. Se nada faziam, davam terreno à barbárie; se combatiam, da única forma que a barbárie pode ser combatida, também se tornavam bárbaros. Ela sofria mais pelos inocentes, lançados pelo acaso em um jogo mortal; sua boa vontade os perdera. Anita chorou de pena e vergonha, de culpa e de raiva, até a boca espumar; bradava impropérios enquanto Giuseppe, silente, esperava a própria fúria passar.

*

Chiusi, parada seguinte; Giuseppe, em seu cavalo, impacientemente parado diante da caravana, observou a entrada do *paesino*, fechada por uma barricada que fazia jus ao seu nome. Indicado como arauto, Felice voltou a galope. Então, o que há?, Giuseppe perguntou. Pedem que sigamos adiante, disse Felice; a cidade é fiel ao papa e ao bispo; o pároco-chefe organizou a defesa para impedir nossa entrada. Também receiam o que virá depois; o que podem fazer com eles franceses e austríacos, se nos derem guarida. Não querem outra Cetona.

Eles não têm escolha; volte lá e diga que abram a porta ou derrubaremos tudo, disse Giuseppe; não sobrará trabalho para os franceses.

Felice contemplou o chefe, sem nada dizer, por saber que de nada iria adiantar; voltou, rapidamente, mas, antes de se aproximar novamente do portão, foi recebido pela fuzilaria cuspida das ameias da povoação. Retornou, incontinente. Acho que não querem ouvir nossa resposta, afirmou. Falaremos então de outra maneira, sentenciou Giuseppe.

Um ataque rápido em massa, para que os artilheiros não soubessem nem mesmo em quem atirar, um aríete certeiro que estilhaçou as pesadas portas e Giuseppe entrou em Chiusi com um grupo de lanceiros. Viu uma barricada bloqueando a via principal; atrás dela, postavam-se religiosos de hábito negro, camponeses armados com forcados velhos e enferrujados, e burgueses com uns poucos fuzis. Estão mais preparados para a lavoura, disse Giuseppe; a um sinal seu, a barricada explodiu, cuspindo longe seus defensores mais próximos; atrás dele, vinha a carreta com o canhão. Os lanceiros avançaram sobre a linha de defesa, sem necessidade de luta; os sobreviventes do canhonaço fugiam em carreira desabalada.

Não havia muito com que saciar a fome do batalhão; era inevitável saquear as cidades que fechavam suas portas à passagem da coluna. Por isso, a porta de Sarteano, *paesino* seguinte, também se abriu com um balaço. Giuseppe entrou no mosteiro com seus lanceiros; sem pensar duas vezes, entrou na igreja a cavalo. Galopou santuário adentro; os camisas-vermelhas perseguiram os padres que fugiram correndo pelo bucólico jardim; arrastaram pelo capuz os que se ocultavam dentro das celas até o pátio. Bufando como o cavalo, Giuseppe os mandou colocar a ferros. Ugo Bassi a tudo assistiu, consternado; seu olhar de censura seguia Giuseppe, mas ele o ignorou.

A noite caiu; Anita caminhou pela nave central da igreja do mosteiro, transformada em estrebaria. Passou a mão no pelame dos cavalos, carinhosa, enquanto contemplava o altar. Ugo Bassi foi ao seu encontro; nunca vi uma igreja com fiéis de quatro patas, disse ele; Anita riu e completou, nem eu.

Pediu-lhe que perdoasse o marido; perdão não de padre, ou sacerdote, mas de amigo, companheiro, irmão. Não queria que pensasse mal de José por causa disso; ele estava furioso, fora de si. Gostaria de lhe pedir que, quando a raiva dele passar, a senhora interceda para que seu marido liberte os sacerdotes, disse o ex-padre; eles agem pela fé, e a fé muitas vezes não combina com a razão. Como homem de fé, ainda que seja a dele próprio, Giuseppe precisa compreender. Já lutamos contra os franceses e os austríacos, não podemos também lutar contra o povo italiano, todos aqueles que não quiserem ou não puderem nos receber. E isso inclui, claro, os sacerdotes.

Falarei com ele, padre.

Ugo Bassi ajoelhou-se no genuflexório, entre excrementos que se amontoavam no mármore bento; a guerra não é como eu imaginava, confessou. Sua voz, ecoando pela nave, voltou aos seus ouvidos, recado para si mesmo, ou a própria voz de Deus. Anita dobrou-se no genuflexório também, mas não estava rezando. O que houve?, perguntou Bassi. E ela: não sei, não me sinto bem. Espere aqui, vou buscar ajuda, disse Bassi, e correu.

Giuseppe, Felice, Mancini e Sacchi, numa das celas do mosteiro, cercaram Anita, estendida na cama com febre, o médico ao lado. Os olhos dela se encontravam baços, mas aos poucos recuperava alguma força. O que é, doutor?, perguntou Giuseppe. É difícil dizer, respondeu o médico; sua mulher está grávida, o certo é que precisa de algum descanso.

Palidamente, Anita protestou; José, logo os franceses chegarão, precisamos ir embora. É verdade, concordou Sacchi; um batedor voltara pouco antes com a informação de que os austríacos acantonados ao sul vinham ao encontro dos franceses para juntarem forças; seriam acossados de ambos os lados. Se ficarmos aqui, cairão todos ao mesmo tempo sobre nós, disse Mancini.

A situação era crítica; depois do que acontecera com o prefeito Gigli, em Cetona, ninguém os acolhia: os tedescos, que tinham decretado a pena de morte a todos que lhes prestassem algum tipo de ajuda, tinham espalhado o medo por todo o país. Não podiam sair e não podiam ficar: aos poucos, a coluna era estrangulada.

Giuseppe sentou-se à cabeceira da cama, ao lado da mulher. Minha Anita, perguntou, você tem forças para continuar? Podemos alcançar San Marino; é uma república independente, com uma fortaleza inexpugnável. Há uma boa chance de que eles nos recebam; lá, você poderá descansar.

O médico sugeriu deixá-la em Sarteano; os sacerdotes poderiam cuidar dela, escondê-la, manter segredo. Giuseppe, porém, não confiava em ninguém ali, especialmente depois da maneira como tratara os donos da casa de Deus. Não precisou dizer nada, pois a própria Anita falou: aqui serei entregue ao inimigo, doutor; eu irei. Amanhã cedo estarei melhor.

Giuseppe esperou o mais que podia, para ver Anita recuperada; por dois dias, esperou. Mesmo com a mulher doente, dormia ao relento, para que não dissessem ter mais conforto que seus próprios soldados. No terceiro dia, sem poder mais aguardar, partiram; Anita fez questão de subir no cavalo sozinha e cavalgou como se estivesse melhor. Os romanos restantes avançavam lentamente em fila indiana.

Naquela noite, pouco a pouco, parte da caravana se dispersou: muitos se afastavam do que consideravam morte certa.

Seguiram para San Marino; os romanos maltrapilhos seguiam cambaleantes ao lado dos camisas-vermelhas, em estado não muito melhor. Logo sem forças, Anita se rendeu; passou do cavalo a uma carroça, com dores atrozes. Sob a lona estendida para fazer-lhe sombra, com os olhos febris buscava um pedaço de céu. Cada sacolejo lhe contraía o rosto; Felice lhe punha panos molhados na testa e Ugo Bassi a confortava tomando-lhe a mão.

A estrada para San Marino cruzava uma longa ravina. A carroça estacou de repente, a um grito de Sacchi: os tedescos! De longe, não se podia saber quantos eram; a turba, apavorada, nem esperou; Anita se levantou da carroça, apenas para ver que os homens de infantaria saíam da estrada, debandando no capinzal; corriam para ocultar-se num bosque sobre a colina mais próxima. Com energia que nem sabia ter ainda, vinda da fúria ou de um delírio febril, ela saltou ao chão. Tomando o cavalo de um soldado que o puxava pela mão, disparou para lhes cortar o caminho; os desertores, porém, eram muitos; cada qual para um lado, passaram por ela, desaparecendo no matagal.

Covardes!, bradou Anita e, para dar-lhes o exemplo, partiu sozinha sobre o inimigo, em arremetida. No rosto, o desprezo: tanto pelos que fugiam quanto pelos austríacos, que começavam o ataque.

Ao vê-la cruzar em disparada a linha de vanguarda, Giuseppe esporeou seu cavalo, seguido por Sacchi; alcançaram Anita quando já estava quase ao alcance do fogo inimigo; ao ver que eles a detinham, tomando o bridão, os austríacos assestaram a mira, joelhos apoiados na terra. Dispararam a primeira carga de fuzilaria; balas espocaram bem perto. A linha de atiradores austríacos se abriu, dando passagem à cavalaria, que galopou sobre eles em ataque frontal. Giuseppe puxou o cavalo de Anita, para tirá-la dali; Sacchi deu voz de comando e os camisas-vermelhas avançaram para defendê-los; passaram por eles e detiveram o inimigo num choque brutal.

A batalha, Giuseppe não viu. Levou a mulher para longe; apeou-a do cavalo, quase desfalecida; pousou-a sob a sombra de um carvalho, enquanto o estrondo das tropas reboava ali perto. Naquele dia, os camisas-vermelhas venceram, forçando os austríacos a retroceder. O custo da vitória, porém, foi muito alto; o confronto daquela forma, em terreno aberto, deixou a estrada pavimentada de corpos, a maior parte republicanos. Giuseppe lamentou como nunca os bravos que tombaram naquele dia, para que ele e Anita pudessem sobreviver.

*

Levantaram acampamento a curta distância da escarpa do monte Titano, sobre o qual se avistava a majestosa fortaleza de San Marino; uma única passagem levava às portas da cidade. Dos milhares de pessoas da caravana em seu início, restavam não mais que duzentos maltrapilhos, somados os camisas-vermelhas remanescentes da batalha contra os austríacos, os feridos e alguns poucos cidadãos romanos que não tinham fugido, transformados em soldados por circunstância. Somente o fato de estarem ali já era inacreditável. De volta à carroça, Anita jazia inerte; um pano de fino algodão sobre o rosto, que protegia a boca entreaberta do ajuntamento das moscas, mais parecia uma mortalha.

Depois de tantas lutas e batalhas, roupas rasgadas, um corte sangrento no ombro, Giuseppe se encontrava exausto; porém, não seria ele mesmo se desistisse. Pediu a Ugo Bassi que o acompanhasse para interceder junto ao regente; acreditava que só um sacerdote podia comovê-lo. Nesses tempos, Deus e seus homens perderam muito de sua força, disse o ex-padre; seja como for, podemos tentar.

O regente de San Marino, Domenico Belzoppi: roupas bordadas, sentado na cadeira de espaldar alto, no salão de seu rico palácio. Giuseppe, uma faixa de pano amarrada ao ombro, para estancar o sangue; ao seu lado, Ugo Bassi com a roupa em frangalhos; atirara fora a pistola, depois de usá-la e errar o alvo. Giuseppe pediu asilo político; seus homens se encontravam em situação desesperadora e San Marino tinha tradição como refúgio de perseguidos; explicou ainda que sua mulher, grávida, necessitava de cuidados urgentes. Pensativo e pesaroso, o regente examinou a situação; é difícil a luta entre a consciência e o dever cívico, disse Belzoppi; a primeira me manda lhe dar víveres e alguma assistência, e o segundo, pelo bem do meu próprio povo, me impede de lhe abrir as portas da cidade.

Mais que Giuseppe, Ugo Bassi se desesperou; apelo à sua soberania de príncipe e à sua piedade de cristão, disse ele; deixar-nos à mercê do inimigo que temos em comum seria uma condenação perante Deus. Antes de arder no inferno, meu zeloso amigo, preciso cuidar para que não queimemos em terra, pois os franceses e austríacos cobrarão caro esse apoio, afirmou Belzoppi. O prefeito de Cetona, talvez inocentemente, pagou com a vida; mesmo nós, em nossa fortaleza, que muitos consideram invencível, não podemos enfrentar os 70 mil homens da coalização.

A impotência levava Giuseppe ao mais fundo dos ódios; ao percebê-lo, o regente buscou aplacar sua fúria. Eu me proponho a intermediar sua rendição, afirmou. Nos seguintes termos: o senhor e sua esposa podem embarcar para os Estados Unidos; depondo suas armas, seus homens poderão voltar para casa. É preciso enviar um mensageiro urgente ao general Gorzkowski, chefe das forças austríacas, que está em Bolonha. Enquanto isso, poderemos mantê-los em um monastério capuchinho aqui próximo. Que lhes parece?

Ainda que lhe custasse aceitar ajuda daquela forma, sem outro recurso para salvar Anita, Giuseppe concordou.

Montaram acampamento perto do monastério dos capuchinhos; junto aos duzentos integrantes que restavam da coluna, Giuseppe aguardou a volta do mensageiro que traria notícia da resposta do general Gorzkowski ao embaixador de San Marino. Recebeu-o na sua própria barraca, com Mancini, Sacchi e Ugo Bassi, que transpiravam ansiedade; demorou a ler os termos da rendição. Diante de todos, ele amassou o papel nas mãos; seu semblante negro falava sozinho; sentia de longe o cheiro da traição.

Diante de seus perplexos oficiais, Giuseppe afirmou que, se havia alguém em quem confiar, não seria no inimigo. Vocês estão todos livres para ir aonde desejarem, disse; quem quiser, que parta comigo: continuarei o combate.

A consternação foi geral. Giuseppe saiu; caminhou até a barraca ao lado, onde Anita repousava, numa cama de campanha; ajoelhou-se à cabeceira. Anita tinha o rosto contrito, com sulcos profundos sob as maçãs do rosto e olheiras escuras; estava destroçada por dores por todo o corpo e febre. Por vezes, com as mãos sobre o ventre, sofria convulsões; minha Anita, não há futuro para nós, pelos termos em que nos propõem a rendição, ele disse; peço que permaneça sob a proteção destes capuchinhos; você não pode seguir nessas condições, nem eu posso ficar.

Ela sorriu, com esforço, para vencer a expressão do rosto contrito, e disse: não. Diante do desalento de Giuseppe, explicou: quando chegarem aqui, franceses e austríacos me descobrirão, e, quando me descobrirem, não me deixarão viver. Seguir com você é a única coisa a fazer, não importa o que aconteça. E, com um sorriso, acrescentou; além disso, não posso deixá-lo fugir de mim, com tantas mulheres por aí...

Ele sorriu com a graça; mesmo agora, ela fazia pouco da dificuldade. Provavelmente, mais uma vez tinha razão. Eu sabia que seria finalmente derrotado, ele disse; e que seria vencido por você.

*

Vilarejo complacente sobre o Adriático, Cesenatico assistiu ao embarque dos 170 remanescentes da coluna republicana. Entregues por pescadores sob velada ameaça, treze *bragozzi*, com suas velas triangulares, vermelhas e alaranjadas, feitos para a pesca e não para a guerra, balançavam suavemente ancorados no pequeno porto de água pintada de anil. Mesmo no mais duro quadrante da vida, Giuseppe não deixou de sentir certo prazer; quase tinha esquecido como o oceano era belo; voltar ao seu elemento lhe enchia os pulmões, devolvia o horizonte, dava um novo alento: tentariam alcançar Veneza por mar. Não havia tempo a perder; os austríacos, em seu encalço, estavam prestes a chegar.

Usou o cavalo para levar Anita ao píer; ela já não tinha forças para caminhar. Felice e Sacchi a desceram do animal e a carregaram pela prancha até a embarcação; minha Anita, falta pouco, soprou-lhe Giuseppe ao ouvido; com sorte, em algumas horas estaremos a salvo em Veneza. Ao que ela respondeu, somente, olhos fixos no alto: será noite de luar.

Para a fuga, Giuseppe teria preferido noite fechada, para chegar a Veneza encoberto na escuridão. Lembrou-se da lua em Laguna, a noite perfeita de amor; o tempo podia ter congelado ali. Deu ordem de zarpar imediatamente; empurrado por Sacchi, Felice e Ugo Bassi, o barco se afastou do píer e eles saltaram para dentro; ao pescador que lhe perguntou, já distante, o que fazer com o seu cavalo, Giuseppe respondeu: faça o que quiser! Só não o deixe cair nas mãos de tedescos; melhor sacrificá-lo que servir ao inimigo!

Ao lembrar aquelas palavras, em Caprera, Giuseppe estremeceu. Afastando-se da costa do Friuli, foi para a proa da embarcação; queria deixar para trás os maus pressentimentos e olhar para diante, para o futuro, para a esperança.

Navegaram sob a luz do luar; preocupado e ansioso, Giuseppe se dividiu entre o leme e Anita, que tiritava de febre, debaixo de um cobertor. Debruçado sobre ela, Ugo Bassi rezava baixinho; Giuseppe não podia nem queria escutar. Às dez da noite, ele viu algo flutuante no horizonte; assestou a luneta e enxergou a silhueta negra de um barco; à direita, surgiu outro, mais distante; em pouco tempo, divisou toda uma frota. Naves inimigas, não havia como duvidar. A realidade trespassou-lhe o peito. Os tedescos fecham a entrada do rio Pó, disse Sacchi; não chegaremos a Veneza, ao menos por mar.

Olhando a lua, Giuseppe resignou-se; façam sinais aos barcos que estão na frente, disse; é preciso fugir. Se nós os vimos com a luz da lua, eles nos viram também.

Os barcos austríacos aumentavam em tamanho; já podiam ser vistos a olho nu. Para onde vamos?, perguntou Sacchi. Para terra, o mais rápido possível, disse Giuseppe; nos veleiros em que estamos, eles logo nos alcançarão.

O barco fez a volta, girando as velas; a espuma do mar espirrou no casco, as velas bateram, e a proa por fim apontou para o continente. Ele se aproximou de Anita, encolhida no fundo do barco; à febre e dor, somava-se o enjoo marinho para completar o seu mal-estar; tomou suas mãos e as beijou, juntando-as em prece.

Velas negras crescendo atrás, a embarcação deslizou para a praia, até encalhar, Naquele ponto, a costa era um pântano, sobre o qual desceram os vinte tripulantes, atolando até a cintura. Giuseppe tomou Anita nos braços e avançou no lodaçal em busca de terra mais firme. Ugo Bassi não podia despregar os olhos do mar; os barcos austríacos se aproximavam dos *bragozzi* em fuga; os últimos se encontravam ao alcance de tiro e os canhões inimigos começaram a disparar. Quatro deles não alcançaram o lodaçal: arderam em fogo, lançando clarões vermelhos lambidos no mar.

Sacchi, Bassi, Mancini e Felice diante de Giuseppe: ainda esperavam dele a palavra de comando. Meus bravos, aqui devemos nos separar, ele disse; se nos dispersarmos, será mais difícil para eles a captura; que cada qual busque um caminho, assim dividiremos também nossos perseguidores; teremos mais chances de escapar.

Os homens mergulhados na lama ficaram um instante em silêncio, fracamente iluminados pelas chamas ao longe; os barcos austríacos passavam pelos *bragozzi*, que crepitavam na água e se dirigiam à costa, diretamente sobre eles. Ainda assim, encontraram tempo para despedir-se; abraçaram-se, antes da separação; foi uma honra estar ao lado de vocês, disse Ugo Bassi. Posso dizer o mesmo, disse Sacchi; o senhor me fez acreditar que a Igreja poderia ter salvação.

Giuseppe, Mancini e Sacchi deitaram a mão uns sobre os ombros dos outros, promessa muda de reencontro; um beijo em Anita, que pouco ou nada entendia, quase desfalecida, foi a despedida que Sacchi e Mancini puderam dar; adeus, Anita, nossa Anita, disse Sacchi; adeus.

Ela sorriu fracamente, um laivo de luz na escuridão; contorcia-se em dores atrozes e Giuseppe se esforçava para não deixá-la cair ao chão. Arrastaram-se pelo pântano, cada um escolhendo uma direção; Giuseppe avançou com Anita no colo pela água lamacenta, livrando-se da vegetação emaranhada. Atrás, percebeu um vulto e quase puxou do sabre; era Felice, que ainda o seguia. Vá, Felice!, disse Giuseppe; salve-se! Senhor, pelo que é mais sagrado, sua mulher também me conquistou, respondeu o outro; ainda mais agora, não posso deixá-los, deixe-me ajudar.

Na situação desesperadora em que se encontrava, Giuseppe não teve como recusar; dividiram a carga, Felice segurando Anita pelas pernas. Não sabiam para onde iam, o que encontrariam pela frente, nem a distância que os separava de seus perseguidores; pelos gritos, Giuseppe entendeu que os austríacos desembarcavam. O clarão atrás da vegetação alta subiu, iluminando a noite; os austríacos queimavam os *bragozzi* lançados à costa. Por fim, ouviu tiros; começava por terra a perseguição.

A corrida contra o tempo, o pesadelo das pernas se movendo lentamente, arrastadas no lodo; Giuseppe trazia o rosto de Anita perto do seu, para sentir se ainda havia respiração. No meio da noite, encontrou casas de camponeses; observou-as somente de longe, precaução que lhe valeu a vida; embrenhados nos juncos, ele e Felice viram as patrulhas austríacas surgirem pela estrada, archotes nas mãos; vasculhavam as casas e o brejal ao redor. Mergulharam de volta no pântano, em busca de uma saída; passavam das duas da manhã quando avistaram uma fazenda. Exaustos, depois de um esforço sobre-humano, prosseguir já era impossível; Giuseppe decidiu entrar.

*

Batidas soaram na madrugada; Giuseppe bem imaginou o que passava pela cabeça do senhor Ignazio Guiccioli ao abrir a porta e deparar-se com os três espectros pincelados de negro. Madrugada de 4 de agosto de 1849, a data que ele não esquecia; a revelação da sua identidade, Anita levada às pressas para dentro de casa. Tinham a sorte de encontrar um homem de bem — e de coragem. Guiccioli não os mandou embora; empenhava nessa decisão a vida da mulher, dos dois filhos homens, além da própria. Havia sido ministro das Finanças da República Romana; estavam em Mandriole, perto de

Ravenna; os austríacos se aproximavam, mas ele ainda era italiano, não tinha como faltar ao dever, ao caráter, à honradez.

Subiram pela escada levando Anita, exangue; doutor Ignazio, não sabe como lhe sou grato, disse Giuseppe; a última coisa que queria era arriscar sua vida e de sua família, vindo até aqui.

Colocaram Anita na cama; ela balbuciava palavras desencontradas, estertores da febre. Chamarei um médico, disse Ignazio. Não podemos lhe contar de quem se trata, caso contrário não virá; direi que é alguém da nossa família. Nesse instante, entrou no quarto um de seus filhos; não tinha mais que 18 anos, barba rala, olhar assustado. Papai, os austríacos estão a menos de meio quilômetro, disse; do alto da casa, podemos ver os archotes, centenas deles; com certeza, vêm para cá.

Giuseppe lembrou-se de Gigli, que pelo bem cometido ganhara em troca a morte mais vil; assim eram os tedescos, inimigos sem misericórdia, sem humanidade, sem alma. Não podia seguir com Anita, nem sacrificar todos ali.

Ajoelhou-se: pela primeira vez, sentiu-se sem saída, sem forças, sem esperança. Uma voz vibrou no silêncio; fraca, distante, celestial. Anita, quase translúcida, murmurava algo que mal se podia ouvir; Giuseppe pediu aos outros que saíssem, por um instante somente; eles saíram, fechando a porta atrás de si.

Um minuto depois, ao descer a escada, aqueles que o esperavam ansiosamente lá embaixo viram surgir outro homem, transmutado pela dor; o homem que seria até a noite em Caprera, tantos anos depois. Senhor Ignazio, peço-lhe que leve minha mulher daqui, para ser enterrada em algum lugar que os tedescos não descubram, para o seu bem e o de sua família.

Ninguém soube o que dizer. Giuseppe prosseguiu: agradeço a acolhida, com tanto risco para todos; conto que o senhor a coloque em bom lugar. Por favor, sejam rápidos: escondam o corpo, não deixem traço de que estivemos aqui. Espero, um dia, retribuir.

Sem perguntas, Felice atendeu ao sinal de Giuseppe; saíram de novo, rápido como entraram; sem palavras, sem pensar, sem querer, mergulhando na escuridão.

*

Não há o apocalipse; ele sempre vai além. Aonde fosse, nos breves momentos em que conseguia falar com alguém, ansioso por uma notícia qualquer, Giuseppe tomava ciência dos acontecimentos como gotas de um veneno letal.

O pelotão de fuzilamento, diante de dez homens em mangas de camisa, alinhados no pátio de pedra, mãos amarradas atrás; entre eles, uma criança de 13 anos e Ugo Bassi. A morte de um guerreiro é sempre esperada; ele se prepara para ela, antes de lutar; mesmo Anita sabia disso, escolhera aquele caminho. No entanto, o ex-padre, que se alinhara com os revolucionários, mas nem sabia lutar, era como a criança: outro inocente, idealista que apenas trocara de ideal.

A fé não passa de idealismo, de profissão de esperança, buscando, como a liberdade, um bem etéreo e imortal. Giuseppe imaginava a cena, segundo a descrição de quem lá estivera: Bassi capturado, olhos levantados ao céu de Veneza, a prece para seus próprios algozes; os austríacos alinhados, fazendo a mira, visão terrível no momento final; a fuzilaria ressoando na cidade silenciosa, corpos estendidos no chão, depois atirados ao Grande Canal.

Da coluna criada para simbolizar a resistência, nada restava: catástrofe coletiva e tragédia pessoal. Giuseppe não se lembrava de como saíra das terras dos Guiccioli a salvo, nem contou os dias seguintes; mal soube como encontrar o porto que o levou para longe dali, graças à sua única posse: o passaporte americano, entregue pelo embaixador, costurado no verso da camisa. Levou para longe sua tormenta interior, exilado não só da terra, como de tudo: exílio da alma. Na proa do vapor, exposto ao temporal, debruçava-se sobre a murada, imerso no coração pulsante da noite, em meio às ondas e à profundeza negra e fria do oceano; seria mais fácil a morte.

Se algo o fez viver, foi o fato de que ainda existia a quimera contra a qual levantara sua espada; sua passagem não era para o estrangeiro, e sim a primeira escala de outra viagem, em dia a ser marcado pelo destino, ansiosamente esperado. Deixara Anita, seus filhos, a Itália e o coração para trás; porém, a voz que eclodia lá dentro, espuma no mar espirrada pelos vagalhões, fumaça de lava vulcânica, prenúncio de erupção, dizia somente uma coisa, certeza fatal: eu vou voltar.

*

Dez anos se passaram, dez anos custaram; dez anos de espera, de angústia, refreio ingente, pungente e bramante da sua obsessão. Curtida nos longos dias, meses e anos, a espera ceifava seu sono, roía a alma, cortava a carne; assim é o pacto de sangue à espreita do momento propício, do chamado, de um profético sinal.

A escala em Tânger, a chegada aos Estados Unidos; o trabalho na fábrica de velas de Staten Island, do amigo Antonio Meucci, que lhe deu guarida e emprego, mas não podia lhe dar paz; a volta ao mar, capitão de si mesmo, como diversionismo, distração, anestesia para quem não podia, não sabia, não queria descansar da dor intolerável.

Peru, Nicarágua, El Salvador: a trégua não estava no vazio do horizonte, nos portos que foi conhecer; não a encontrou também no maior mar do mundo, que atravessou, até a Austrália; ainda que quisesse esquecer tudo, não podia se esquecer de si mesmo. A dor, como todo sentimento, a revivemos todos os dias, como se acabasse de acontecer; só se apaga com o perdão, mas Giuseppe não sabia perdoar, a si mesmo e a ninguém; não sabia e não queria apagar a dor, sua companheira; deitava com ela, acordava com ela ao alvorecer.

Mudado por dentro, abandonou aliados e apagou ideais; ao ver Mazzini em Londres, descobriu que aquele homem, e mesmo a república, com seu desapontamento, já não o interessavam. Queria apenas unificar a Itália, derrotar o inimigo, transformá-lo em pó; missões que, para ele, eram uma só. Esperava o momento, e achou que ele chegava: seguido por sua fama aonde ia, em Tyne o povo mais pobre juntou dinheiro e lhe deu um sabre especialmente forjado para ele. Nada melhor para recomeçar a luta pela liberdade do povo que a espada entregue pelo próprio povo.

Desembarcou na Itália ainda proscrito, em 6 de maio de 1858: Gênova, onde os sardos lhe davam proteção. Do seu primeiro exílio, tinha voltado por amor e um ideal; do segundo, foi como anjo vingador; sua bandeira ainda era negra, caveira gravada ao centro: dístico, escudo, ou brasão de uma heráldica particular. Em Nice, conforme Anita indicara, reencontrou os filhos, crescidos na mesma praia que ele, diante do mesmo mar. Menotti e Ricciotti eram já quase homens feitos, mas não o tinham esquecido; pelo contrário, temperavam-se no tempo e nos ditos que de boca em boca corriam, à espera do pai; como todos, acreditavam que um dia, como um salvador, ele viria para resgatá-los.

Fez dos filhos companheiros de jornada, os seus generais; marchando ombro a ombro, por estradas às vezes incertas e batalhas sangrentas, tomaram com Teresita, a cuidar deles todos, o lugar da mãe. O sangue de Anita pulsando a seu lado lhe dava de novo a certeza da vitória; só a vitória servia, só ela restava cumprir, ainda que de passo em passo, cidade em cidade, dia após dia, até acabar.

Como sempre, a busca por homens e armas: na Sardenha, agora de Vittorio Emanuele II, filho de Carlos Alberto, encontrou o primeiro-ministro Cavour; por decreto real, os sardos lhe deram a terça parte de um exército, um milhar dos três mil e duzentos Caçadores dos Alpes; tornou-se comandante ao lado de Enrico Cosenz e Giacomo Medici, seu companheiro no Uruguai. A marcha para Arna, o desvio no caminho para Turim; o ataque surpresa a Castelletto, o gosto do sangue austríaco de novo na espada. Varese ocupada, Giuseppe abriu o caminho da Lombardia, expulsando na revanche brutal as tropas de Ferencz Gyulai; a vitória em San Fermo, sempre com uma tropa inferior em número e armas; a ocupação de Como, mas não de Laveno; a chegada dos franceses o fez recuar.

Bolonha: Giuseppe aclamado pelo povo na rua, o salvador a entrar na cidade, festa por onde passava, os gritos de VIVA GARIBALDI, VIVA O LIBERTADOR novamente a ecoar. A entrada na catedral de Bolonha, em patas de cavalo, como já tantas vezes fizera, desafiando os salões marmóreos, as cruzes punitivas, as efígies de pedra, madeira e barro; pisoteou com cascos ferrados o orgulho monástico, seus crimes hediondos e vis traições. Com seus homens, mascarados para resistir ao miasma letal, tirou dos *pozzi razzore* os restos de mulheres raptadas e vítimas torturadas pela Inquisição. Fossem contra opressores da terra como os do céu, libertava todos, quebrava os grilhões e triunfava sobre a vileza, a terrena e a sobrenatural.

A cada golpe enfiava no peito inimigo o ódio fundo do qual investia sua espada; em toda parte estava seu brado de guerra, sua voz de comando, a figura lendária que não perdera o instinto primal e dominador. Sucederam-se lugares e nomes, para eles todos os mesmos, porque apenas significavam trazer a guerra para mais perto do fim: Treponti, Valtellina, Passo dello Stevio; o armistício de Villafranca afinal deu a Lombardia aos sardos; da segunda guerra da independência Giuseppe saiu não só com a vitória, como um exército engrossado em todos os lugares por onde passava, homens que simplesmente com ele seguiam, somando-se pelo caminho; começara a luta com mil, ao final dez mil se contavam ao seu redor.

Fosse mais sábia a política, e teria sido mais rápido; Fanti o rebaixou, fazendo-o par de Roselli e Mezzacapo; Giuseppe renunciou, não à luta, mas aos seus aliados. Vittorio Emanuele não só desistiu de avançar sobre os Estados papais, como entregou Nice e Saboia à França, mais um negócio que opôs Giuseppe a Cavour; traição, não apenas a ele, como à Itália inteira; recomeçaria tudo de novo, se preciso fosse, e sozinho, para a conquista do centro e do sul.

Em Palermo, bandeiras diziam: GARIBALDI VIRÁ! São Jorge italia no, santo guerreiro, que o povo fazia armar, lançou-se contra Francisco II de Nápoles; com dinheiro dos sardos, armou sua esquadra em 1860, a partir de Turim. No armador *Rubbatin* e mais dois vapores, embarcou na praia de Quarto, perto de Gênova, com o Exército dos Mil. Entre os 1.089 voluntários, estavam 250 advogados, cem médicos, cinquenta engenheiros e uma mulher, Rosalia de Montmasson; com o exército sardo, em Santo Stefano, carregou carvão para os vapores; no forte de Talamone, para seus velhos fuzis, conseguiu munição.

Com os mil, Giuseppe combateu em Marsala duas naves de guerra do rei de Bourbon; em Salemi, declarou-se ditador da Sicília, em nome de Vittorio Emanuele; venceu a Batalha de Calatafimi em 15 de maio, contra um exército duas vezes maior; em 27 de maio, conforme a profecia disseminada entre o povo, entrou em Palermo; bateu os Bourbon em Milazzo e, do general Clay, recebeu a rendição de Messina: fortaleza, exército e toda a cidade. Caíram Siracusa e Augusta; dali, voltou ao continente, com apoio de Vittorio Emanuele. Na Calábria, divisões inteiras do inimigo se dispersaram diante da sua simples visão; em 30 de agosto, os Bourbon se renderam em

Soveria; em 5 de setembro, Francisco II abandonou Nápoles, para juntar-se às tropas perto do rio Volturro; Giuseppe entrou na cidade sem resistência, escolta ou temor; o inimigo ainda restante curvou-se à sua passagem, seu servidor.

Por fim, o encontro com Francisco II em Volturro: a luta contra cinquenta mil inimigos, vencidos em 1º de outubro; os sardos, depois de vencer o exército papal em Castelfidardo, e os Bourbon em Abruzzo e Molise, chegaram ali somente depois de liquidado o combate. Foi imune aos apelos do povo, que bradava seu nome: Giuseppe Garibaldi, primeiro rei do norte da Itália, depois rei da Sardenha e Nápoles: o rei não queria ser rei.

Dia 26 de outubro de 1860: na madrugada tingida de sangue da costa napolitana, as patas de garbosos cavalos repicaram na estrada; em Teano, a quarenta e oito quilômetros de Nápoles, dois exércitos se movimentaram em sentido contrário, estacando um diante do outro. Das tropas vindas do norte, um único homem deixou suas linhas para vir ao seu encontro: Vittorio Emanuel. À frente do exército vindo do sul, Giuseppe também deixou para trás seus homens, fileiras perfeitas, estandartes ao vento; o silêncio espraiou-se, cortado somente pelo relincho incidental dos cavalos; os animais repicaram o passo, ao encontro um do outro, até que Giuseppe se viu diante do filho de Carlos Alberto. Como está o rei da Itália?, perguntou Vittorio Emanuele. Pronto para lhe entregar a Sardenha e Nápoles, como lhe entreguei o norte, Giuseppe respondeu.

Cavalgaram algum tempo lado a lado; se meu pai ainda estivesse vivo, gostaria de ver este momento, disse Vittorio Emanuele; não sei, disse Giuseppe, ele não gostava muito de mim. Encararam-se: você acaba de fazer um grande bem à Itália, unificando-a sob o meu comando. O que deseja, em troca do reino: títulos de nobreza, dinheiro, posses?

Giuseppe olhou para o ocidente; àquela hora, o mar da baía de Nápoles brilhava ao sol. Riqueza, poder e reconhecimento: da primeira, não precisava; do segundo e do terceiro, ninguém poderia lhe dar mais. Ele um dia quisera ser como Alexandre, que comandava seus homens, lançando-se à frente em batalha; mas tinha ido além, pois tivera mais tempo, sobrevivendo à própria temeridade. Poderia agora ser também outro Napoleão, que alargara e defendera a república e depois se tornara imperador; porém, a ser Napoleão, preferia abdicar antes mesmo da coroação. Não quero nada, disse; tenho uma casa em Caprera, que comprei ao voltar para a Itália; desejo retirar-me para lá.

Vittorio Emanuele, entre o espanto e a desconfiança: como acreditar que você, que poderia ter tudo, não mudará de ideia, não se arrependerá?

Giuseppe mal escutou; sua cabeça já estava à frente. Era melhor que a Itália unificada estivesse nas mãos daquele rei jovem, que também lutara pelo país, do que sob o poder melífluo e esquivo de Mazzini, ou mesmo o seu. Imaginou toda a cena: a glória na coroação, diante do bispo, joelho direito ao chão; os sinos dobrando, reverberando pela catedral; e aquelas palavras, com as quais, como azeite e água, não se misturava o seu nome: Vittorio Emanuele II, rei da Sardenha e Piemonte, soberano da Lombardia, eu o declaro senhor do Reino das Duas Sicílias e primeiro rei da Itália Unificada. Giuseppe não podia trair sua própria biografia, homem ao lado do povo, para coroar a si mesmo; sua fidelidade à gente de onde viera, e com a qual ficaria, era a única e verdadeira fonte do seu poder.

O que você chama de "tudo" é algo que não me interessa, disse Giuseppe, afinal.

Vittorio Emanuele perscrutou seu semblante; para quem nasce em berço dourado, ou ambiciona o poder como um fim em si mesmo, era difícil compreender. Por mais incrédulo que estivesse, entendeu, ao final de longo silêncio, que Giuseppe não barganhava. Meu pai e eu talvez tenhamos nos enganado, afirmou o monarca; não existe maior lealdade e menor ambição.

Despediram-se sem palavras; cavalo a passo picado, Vittorio Emanuele retornou para seus homens. De longe, Giuseppe fez a Menotti e Ricciotti o sinal combinado; para as tropas, acenou um adeus. Os homens, erguidos nos estribos, levantaram as armas, em saudação, e gritaram: LIBERDADE! Sob o comando de Sacchi, a formação se deslocou, em larga manobra, para juntar-se às fileiras de Vittorio Emanuele. Giuseppe cavalgou sozinho; ao longe, viu as duas tropas se juntarem, até se tornarem um único bloco; naquele tropel que estremecia o chão, a Itália voltava a ser um país. Ao descer a encosta, lentamente, o quadril jogando no passo do seu cavalo, devia sentir-se livre de todos os pesos do passado, da luta e do poder, mas não; faltava ainda uma coisa para ele cumprir sua última jornada.

*

O estrangeiro estava expulso, banido, humilhado, mas seu congênere local ainda estava impune; para Giuseppe, faltava libertar Roma, onde sobre almas e homens o papa ainda reinava. Por onde passara, abrindo mosteiros, enxotando padres, expondo a Igreja à luz, revelara uma instituição truculenta, corrompida e vil. Mantivera não somente a Itália como o mundo numa era de trevas, matando e queimando inocentes. Contudo, o reino do sumo pontífice permanecia incólume; justo ele, que se unira aos tedescos, contra os republicanos e todo o povo italiano. Em Roma, com seus domos dourados, cidade que, com Anita, ele uma vez defendera contra todos os jugos, imperava ainda a opressão. Ali, Giuseppe queria ainda travar a última guerra, a batalha final.

Não contava com ajuda, nem aliados. Em Caprera, ilha deserta, comprada com umas poucas moedas, onde tinha sua casa monástica, 150 vacas, quarenta porcos, cem oliveiras e um parreiral, Giuseppe se encontrava distante, sozinho no mundo, ou contra o mundo; porém, mesmo castigado pela idade e as vicissitudes pelas quais nenhum outro homem em qualquer tempo passara, se havia alguém capaz de surgir da bruma, insurgir-se contra o papa e expulsá-lo do Vaticano, levantando um país, era ele. O mapa da Itália não estava completo; se havia alguém impune, ele o iria buscar, ainda que seu oponente empunhasse, com as honras e pompas da hipocrisia, o próprio cetro de Deus.

Fez como sempre fizera, no momento em que achou o mais certo: a festa comemorativa da Expedição dos Mil. O que era para ser uma parada militar, uma celebração, se transformou em convocatória; contagiado pela massa, anunciou em seu discurso que decidira marchar sobre Roma, no balcão do conde Grignani, seu anfitrião. Roma é nossa, ele disse, do púlpito, para a multidão; e ouviu do povo, de volta: ROMA OU MORTE!, a plenos pulmões.

Guerreiros de Palermo se dispuseram a segui-lo; a eles se juntaram bravos de Catânia, em Masterbianco; a bordo de dois vapores, o *Dispaccio* e o *Generale Abbatucci*, Giuseppe desembarcou na Calábria. Dois mil homens empreenderam a marcha; em Aspromonte, encontraram o exército de Emilio Pallavicino, a serviço do papa, vindo de Turim; ao mandar que seus homens não respondessem ao fogo dos *bersaglieri*, irmãos contra irmãos, sem que se fizesse escutar, Giuseppe se expôs à linha de tiro. Feriu-se duas vezes; uma bala, que lhe varou a bota de couro, incrustou-se no calcanhar.

Preso, enviado a La Spezia, depois Varignano, como prisioneiro teve mais regalias e luxo que em sua própria casa; em vez do cárcere, foi alojado no palacete do comandante da prisão, com aposentos para seus familiares e oficiais; anistiado em 5 de outubro, um cirurgião florentino, com ciência e arte, o livrou da bala de fuzil que o impedia de andar.

Das batalhas seguintes, lembrava como num sonho; algo distante, tão rápido, que mal viu: não porque esse período fosse de menor importância, mas porque a chama começava a se apagar. Voltou à luta, não uma, ou duas, e sim muitas vezes; em Veneza, ainda dominada pelos austríacos, em vez dos 15 mil voluntários por ele esperados, viu se juntarem 38 milhares. Ao atravessar o Piemonte, pela primeira vez em sua carreira tinha forças superiores às dos inimigos: à frente de 17 mil homens, o general Kuhn von Kuhnenfeld não o impediu de passar. Em Monte Suello, Giuseppe foi atingido sem querer pelo sabre de um de seus voluntários; recebeu a notícia do armistício negociado pelos sardos quando se encontrava no hospital. "Obedeço", foi sua resposta, que uns quiseram fazer símbolo do *Risorgimento*; porém, não tinha sido com disciplina que conquistara seus galardões.

Presidente honorário em Genebra do Congresso Internacional da Paz, contava com os romanos insatisfeitos para voltar à guerra; preso em Sinalunga, levado a Alessandria, foi recolhido à prisão domiciliar em Caprera, apesar da imunidade parlamentar. Fugiu da ilha, enganando os guardas com Luigi, seu sósia; escapou em um velho veleiro até a ilha de Madallena; na Sardenha, Florença, Passo Corese, por onde passou, arregimentou voluntários que somaram 8 mil; depois de atacar Monterotondo, em 26 de outubro de 1867, conquistou, enfim, a fortaleza papal; entrou pela porta, incendiada com um carro em chamas, como quem chega à própria casa. Castel Giubileo, Casal de Pazzi: alcançou Roma antes da alvorada. No dia 31, sem a revolta popular, por ele esperada, não teve outro meio senão retroceder.

De todas as suas derrotas, esta considerou a pior, porque a perdeu sem começar; daquela vez se sentiu sozinho, acostumado que estava ao apoio do povo. Frustrou-se com o italiano, ou, antes, com ele aprendeu; a mesma gente que fizera a república, que expulsara o papa da primeira vez e defendera sua história e o espírito livre contra as velhas forças imperiais, se mostrava cansada de guerra; Giuseppe saíra da cidade para manter levantada a velha bandeira, mas eles a tinham baixado. Tanto tempo de luta inglória os abatera. O povo deseja ser livre, porém, mais que a liberdade, deseja a paz.

Sem a gente de Roma, não podia vencer 3.500 guardas pontífices, mais 3 mil franceses, acampados em Mentana. Partiu no trem de Orte e foi preso em Figline Valdarno; encarcerado em Varignano por vinte dias, retornou a Caprera; sua casa foi transformada em prisão, ou exílio, outra vez. Se pudesse a esse tempo definir-se em uma palavra, seria desgosto; em viagem a Marselha, em outubro de 1870, surpreendeu-se em ser mais bem recebido pelos franceses, o antigo inimigo; com Menotti e Ricciotti, combateu os prussianos. Eleito deputado na Assembleia Nacional Francesa, como deputado de Nice, Côte-d'Or, Paris e Argel, recebeu como golpe sua impugnação; eleito também para o parlamento italiano, fundou em 1879 a Liga da Democracia, defensora da emancipação feminina, do sufrágio universal e da abolição da propriedade eclesiástica.

As dores nas pernas, complicações da artrite, o lembravam de que chega um dia a idade impensável, em que é preferível não mais viver; mesmo as pequenas coisas que o distraíam, como cuidar do jardim, ou do parreiral, pensar em pequenas invenções, não o faziam feliz; entre elas todas, com certeza, seu romance, *Clelia*, como pelo título já se suspeitava, tinha sido a pior. O homem perde seu lugar no tempo; mesmo aqueles capazes de mudar o mundo devem deixá-lo seguir seu curso, afinal — e dar a vez aos que vêm mudá-lo na fila de trás. Tão acostumado estava a lutar contra o inevitável, a arrostar o impossível, desafiar o improvável, que se recusava a parar. Havia ainda o mundo por se fazer; não conseguia ceder, render-se, resignar-se; sabia que havia dignidade em reconhecer o fim, sem desespero, medo ou desgosto; mas, para ele, simplesmente não era o bastante.

Tivera tantas consortes quanto foram as batalhas, mulheres faceiras, damas da corte, até uma condessa, que fizera de tudo para casar com ele. Lembrava-se de noites luxuriantes, de corpos ardentes, de beijos candentes e promessas de amor; porém, a memória misturava risos e nomes, dia e lugar, sinal de quem quis muitas coisas, mas por pouco tempo, tinha sido realmente por nada querer. Para ele, as mulheres passaram a ser como os lugares a se visitar; dera voltas ao mundo, mas não fizera outra casa senão o camelo do nômade, a sandália do errante, o barco pirata, que navega sem jamais atracar. Podia estar com todas as mulheres, mas o coração, este não podia dar.

Mesmo com Francesca, tinha sido muito duro; não por má-fé ou outro sentimento ruim: apenas faltava desejo, ou vontade. Onde antes água pura brotava, ficara o poço seco, esgotado, fundo de areia; oásis engolido pelo deserto, irrecuperável. Casara-se com ela em 1880, quando já tinham três filhos, apenas para lhe garantir o futuro, não causar embaraço e fazer a única concessão possível; ela queria amor, e contentara-se com o casamento, esquálida instituição: máxima dádiva do homem que, desde Mandriole, perdera a capacidade de amar.

Epílogo

A noite: 2 de junho de 1882. A colina sobre o mar. O poncho branco sacudiu ao vento; o som mudou, zunido, assovio, voz de assombração; do outro lado do véu negro estendido sobre a água estava a Itália, tarefa inacabada; ele ainda queria partir, desbravar mundos, conquistar vitórias; a diferença é que o corpo moído resistia à vontade, dava outro comando, desobedecia a seu dono e senhor.

Tantas noites passara assim, diante do oceano, desde criança, no relâmpago do tempo; ainda brincava dentro dele o menino ávido, lúdico, sonhador. Isso vinha na frente, sobreposto ao sangue, à tragédia, ao luto; depois de tudo, voltava ao começo, homem abrigando a criança, querendo seguir adiante, derrotar a todos, arrostar o próprio tempo, como desafiara tudo até ali. A existência é começar, cair, levantar e enfrentar tudo de novo; ao pensar nisso, porém, daquela vez algo mudou; no inesperado instante, um leve toque, suave e quente, estremeceu sua mão.

Olhou para o lado, sem surpresa, ou espanto, diante do que só podia ser delírio, alumbramento, visão: Anita, aos 29 anos, a tez morena, os traços dos quais já quase se esquecera, exceto pelos retratos incertos que muitos, não ele, mandaram pintar; no corpo, ao mesmo tempo frágil e tenaz, o vestido de renda com que em Roma, já de partida, celebraram o último jantar.

O mar é o mesmo, mas você agora você é o conquistador da Itália, ela disse. Como se sente?

Incompleto, ele disse; por toda a vida sem você, busquei terminar o que começamos; ainda há tanto por fazer.

A mão suave o acariciou; Anita do sorriso, docilidade, trégua e paz; você já fez o bastante, disse ela.

Nada capaz de compensar o que aconteceu, nada que pudesse trazer você de volta.

Estive sempre ao seu lado, José; você nunca me perdeu.

Giuseppe fechou os olhos; sentira-se por tanto tempo vazio, ausente, que não percebera que tudo o que fazia era por Anita; sua presença o preenchia. O passado que o marcara a ferro ardente andava oculto no abismo dele mesmo; o momento que não ousava lembrar de repente aflorava.

De novo Mandriole: a noite distante, mas sempre presente, constante, que não tinha fim. O quarto desconhecido, a luz da lamparina no rosto clemente, a boca sem cor, os olhos mortiços de quem sabia ter chegado ao fim; ele, de ouvido colado na boca de sua mulher, as palavras que saíam um sopro, quente e sereno: no lugar do medo da morte, estava Anita conformada e terna; ainda ali, ao final, exalava confiança e amor. Perdão, disse ele, a minha teimosia nos perdeu; não, balbuciou Anita, nunca peça perdão; a sua teimosia nos salvará. É preciso que você vá, José; pela Itália, pela liberdade, pelos nossos filhos, pelos nossos sonhos. Não posso deixá-la, ele disse. Assim morreremos todos, insistiu ela, você não pode ficar.

Ao esforço de falar, seguiu-se o silêncio; Giuseppe mal podia olhar para Anita; só você, meu amor, pode nos fazer ainda acreditar, ela disse; só te peço uma coisa, lembra-te do nosso juramento.

Forças reunidas para olhar nos olhos dela ela; lágrimas riscaram o rosto enlameado de ambos; uma carícia, de amor e incredulidade.

Giuseppe teria preferido mil vezes estar no lugar dela, ou com ela morrer; sua mão na mão de Anita, que por sua vez cobria o ventre; segurava o bebê contra si, mas não era mais o gesto de mãe, e sim a luta contra os espasmos que já não podia suportar. Te peço, não temos mais tempo, ela balbuciou; não me deixe para eles, e vá.

Ainda que ela estivesse certa, nada faria Giuseppe esquecer; no quarto acalentador da casa em Mandriole, por dentro dele soprava vento de tempestade, riscava o céu de raio, troavam vulcões de fúria, desciam avalanches de desespero, ondas de ódio bramiam no mar. Anita, amor e súplica: ele se curvou e a beijou, a sugar a seiva da vida, desejo de trazê-la para dentro de si. A mão no gasnete de Anita tirava-lhe o ar: nervos retesados, mãos crispadas, mandíbulas cerradas até o derradeiro sopro, quietude final.

O quarto, a luminária sobre a mulher que carregava seu filho, suave e vazia, lábios azuis. Nesse instante, sua imagem para ele se apagava; as memórias que não dizemos a ninguém, os sentimentos que negamos até a nós mesmos; os momentos que gostaríamos de incendiar e o inconsciente procura varrer para as profundezas onde moram os demônios interiores — tudo aquilo com que não podemos conviver, porque seria insuportável. Giuseppe só pensou em levantar, ir embora, e, se não ficou ali também para morrer, era por um único motivo, uma nova razão de ser.

Ao voltar para a Itália, o primeiro compromisso: resgatar o corpo de Anita, pois nem isto aos inimigos queria deixar: profanação. Dizia sempre a Francesca que, ao morrer, o cremasse; o ser humano escapa de si mesmo, abandonando o corpo, e um cadáver nada é exceto um estorvo para aqueles a quem o deixamos. Porém, com Anita, não se sentia assim; recuperar seu corpo, possuí-la de alguma forma, se tornara obsessão.

A busca por Anita, primeiro em Mandriole, o encontro com aqueles que o tinham ajudado naquela noite, seu relato, reconstituindo a cena: a carroça guinchando no descampado, a lua iluminando o corpo descido na cova rasa, feita às pressas, antes que os tedescos dessem ali; as pás de terra cobrindo a mulher que lhe pertencia. Seu corpo, porém, não estava mais lá; ele se tornara perigo e ameaça permanente para quem o conservasse, como uma maldição. Giuseppe seguiu atrás dela, de lugar em lugar; nos dez anos em que estivera fora, para escapar aos algozes de quem abrigasse seus restos, Anita foi sete vezes insepulta, escondida novamente, sem lápide, sem registro, sem nome. Espectro em fuga, num purgatório macabro; nem na morte ela e seu filho jamais nascido conheceram a paz.

Levou-a para Nice, refúgio que ainda era seu; ali a colocou em descanso, perto da tumba da mãe. Um corpo, nada mais; mas, para ele, o mundo: convulsão de pensamentos, ideias e emoções. Ela não era um corpo, e nem mesmo Anita, era tantas noites que tinham passado juntos, abraçados no bivaque, em tantos lugares; estavam juntos novamente, porque, embora vivo, por dentro Giuseppe era também um espectro: matava daquela forma a saudade atroz, no apego ao materialismo mais inútil, ao lado do cadáver que defenderia como jamais em vida pudera defender sua mulher.

O encontro com os filhos: o choro, o abraço, a memória renascida; a família destroçada que Anita ainda reunia, primeiro na tristeza, depois no amor, por fim em missão; uma família que jamais pudera ser família, que aprendera a estar junta à distância, e aprendia agora a ser uma só, mesmo na falta daquela que tinha sido sua razão de existir.

Anita se encontrava no amor dentro deles; alguém pode ir embora da vida, mas o amor dos que ficam permanece o mesmo, é diuturno, constante, não abandona ninguém; Giuseppe, como os filhos, não deixava um só dia de pensar em Anita, sentir Anita, ver Anita; ela deixava de ser aquele resto informe, carne comida ao esqueleto, e por fim pó; voltava aos seus melhores dias, na plena força, sobre seu cavalo; ele e Anita, na beleza do dia, esplendor de uma mulher.

Com ela agora ao seu lado, podia descarregar na terra a eletricidade que o revolvia por dentro; admitir, aceitar, deixar emergir da sua caverna o nefasto dragão da memória, que o impulsionava a ir adiante, a fazer, fazer, e fazer. Por ela, e não sua morte, continuava a brandir sua lança; se andara por todo o mundo, se fizera outras guerras, não era mais pelos velhos sonhos, pela liberdade ou antigos ideais; buscava justiça, ou outro nome que dessem à vingança; só por Anita, no lugar em que outros caíram, tivera forças sobre-humanas para lutar; por Anita se tornara incansável, suportara todas as dores; por ela sobrevivera, ela que nunca o deixou recuar. De fato, jamais tinham se separado, desde a noite que evitava lembrar.

A carga que o vergava de repente caiu; o desabamento ecoou em cordilheiras distantes, reboou no espaço, varreu no céu as estrelas. O lodo foi lavado numa torrente, revolvendo placas ressecadas e estéreis do seu coração; da superfície recuperada ao soterramento se viu campina, terra cultivada, campos de outras flores. Dissipada a noite, esfumada a cerração, deitados longe os horrores, o que ele via não eram os combates, as glórias, as lutas travadas em nome de um sonho. O oceano se dividiu em dois, tempestade de um lado, de outro o azul da bonança, e ele escolheu o azul; cessaram os raios catárticos, os tremores de terra, a sanha pantagruélica de seguir a guerra, a luta, a morte.

O que Giuseppe viu foram momentos, pequenos instantes do dia, aqueles nos quais durante a vida menos se presta atenção. A arte retrata o instante, faz do instante uma obra de arte: Anita deitada na praia em Laguna, cabelos molhados enrijecidos de areia, pele morena salgada de mar e suor, dourando ao sol; taças tilintando sobre a mesa, o sorriso cúmplice na noite sem pressa; a luz das velas sobre o catre de campanha, mãos tateando, ávidas na procura um do outro, sanha de tanto querer e querer sempre mais; o sopro de gozo em meio à noite, sua mão a amparar os dedos débeis, de quem desfaleceu de prazer; por fim, na escuridão, a brisa refrescante no corpo suado de amor.

O dia a dia sereno, no pouco tempo que puderam ter e agora ocupava a maior parte de sua memória: os lábios roçando a chávena fumegante, os olhos de Anita diante dos seus; eles de mãos dadas, instante solene em frente à vitrine, a mulher muito senhora levando os filhos pela mão, ele em traje de soldado, para comprar tortas de creme cobertas com morangos, a celebrar o fim da fome. A alegria das crianças, risos de boca cheia, lambuzada de amarelo e vermelho: Anita dividindo com ele o doce que era dela. Os meninos disputando a vez para andar sobre seus ombros na calçada, diante do riso da mãe; Teresita, ouvindo uma canção de ninar; Anita na sanga, esfregando roupas, nervos estalando no dorso das mãos; a cavalgada sob as estrelas, o Cruzeiro do Sul por orientação.

Objetos: a agulha de costura sobre o sofá; o fuzil ao pé da cama, entre as botas que, na pressa do amor, não havia tempo de tirar; o broche, presente da mãe, que em Montevidéu sem apego ela levou à loja, sozinha, para empenhar; o grampo em forma de borboleta que lhe prendia os cabelos; o anel de casamento, que Anita beijava ao se persignar; a pistola repousada ao lado da roca; a flor enfeitando o cabelo. A mecha de cabelos dele, que ela cortara em Corrientes, e, sem que ele soubesse, guardara numa costura de pano, dentro do peito; tudo era deles e nada era deles, navegantes da vida, sem hora e lugar.

Pequenas coisas, tão grandes quanto as maiores, onde Anita estivera, mesmo sem estar: levada por ele aos aborígines na Austrália, a assistir o veleiro passando ao largo da praia, navegando de cabotagem; os quíchuas com seus cobertores de ricos padrões, chapéus coloridos com abas caindo sobre as orelhas, tocando a flauta de junco, temperada e alegre; os guaranis dos plainos no Chaco, olhos de amêndoa, glabros e de pele avermelhada, riscos negros de jenipapo; os mouros de pele de noz, mercadores de escravos em Tânger, ricos piratas a soldo de reis, trazendo em correntes africanos de ébano; mendigos arfando na sujeira dos burgos, cafuzos, mestiços, mamelucos, mulatos, amarelos, caucasianos; gente da cordilheira, das matas, das grotas longínquas, do grande deserto; das palafitas e das cidades de pedra, dos portos grandes do mundo, do Tâmisa a Valparaíso; os pequenos atracadouros de Cinque Terre, lagos azuis entre as rochas, de que tanto gostava.

Cada lugar do mundo que conhecera, cada homem que por ele passara, os amigos que por ele tinham matado e morrido, o riso e o choro, o grito de amor e de guerra: a vida era apenas parte do ser humano, cuja existência começa antes do nascimento, na natureza e nos ancestrais, e vai além, maior que um punhado de terra e de sonhos. Viagem no tempo e no espaço, ele descia penhascos de picos nevados, revolvia campinas, emergia na luz como poeira ao vento, espraiada no espaço, amplidão infinita entre estrelas, mais um entre os espíritos que silenciosamente falavam. A parte que lhe cabia se encaixava na história, se juntava à vida dos homens e ao concerto da natureza, ao curso fluido da matéria, do organismo vivo do universo, movente e sem fim.

Libertava-se, pleno, a respirar; o caminho de um homem é sempre desconhecido e apenas seu; aquele que vemos não é o homem, e sim a imagem que temos dele, projeção de nós mesmos; quando nos vamos, desaparece um universo particular para ampliar o maior. Giuseppe abria as portas do seu labirinto, aquele do qual tinha sido o único senhor; e tivera sorte, não de uma vida tão longa e improvável, e sim porque poucos têm o privilégio de andar acompanhados sem se perder; conhecer o caminho, abrir e fechar suas portas ao lado de alguém: a isto se dá o nome de amor, fundamento da felicidade.

Deixou a mão de Anita tomar a sua, enlaçaram os dedos, noite virada dia, lua transformada em sol; sentiu-se reconfortado, nas veias o sangue espalhava calor.

Sempre fui atrás de ti para te seguir, disse ela; desta vez, vim para te buscar.

Não cuidamos verdadeiramente da morte, enquanto temos a vida, nem depois, quando deixamos de ter. Na morte, não nos lembramos do mundo como era antes, nem saberemos como será depois. Giuseppe sabia apenas que sua eterna luta podia enfim terminar; se Anita o prendia ao seu compromisso, coração insepulto, pulsando ao lado do seu, só ela o podia, afinal, libertar.

Para onde vamos, então?, perguntou.

Para o lugar onde descansam os guerreiros, ela disse, e sorriu.

Sentiu-se livre, pleno, leve: ao seu lado estava Anita, e também Sacchi, Mancini, Rossetti, Aguiar; tantos quantos o tinham acompanhado, deixado a vida, muitos dos quais nem sabia o nome, mas por ele e com ele tinham lutado, sem nada esperar. Desceram a colina pedregosa por uma escada, que levava às pedras sacudidas pelo oceano; Giuseppe aspirou fundo o ar marinho, o mesmo de criança; compreendia agora o sentido de tudo, da vastidão diante dele, que levava não a outros continentes e mares, ilhas e paraísos perdidos, terras de guerra e de paz. Ali estava a colossal obra da criação, de onde viera; o homem pertence à natureza, nela nasce, dela faz parte, a ela um dia tem de voltar.

Com um braço, trouxe Anita para mais perto de si; o outro abrangeu o espaço; deixou a noite entrar no seu peito, onde cabia a abóbada negra do universo estelar. Entrou com Anita nas águas, e o corpo já não lhe doía; as cicatrizes tinham desaparecido; olhou Anita, a pele morena perfeita. Eram de novo jovens, ansiosos e prontos para o desconhecido, a melhor maneira de recomeçar: resplandecentes.

Este livro foi composto na tipologia
Adobe Garamond Pro, em corpo 12/17, e impresso
em papel off-white no Sistema Cameron da
Divisão Gráfica da Distribuidora Record.